suhrkamp taschenbuch 671

Franz Böni, geboren 1952 in Winterthur, lebt in Unterägeri. Veröffentlichungen: Ein Wanderer im Alpenregen, *Erzählungen*, 1979; Schlatt, *Roman*, 1979; Der Knochensammler, *Erzählungen*, 1980; Hospiz, *Erzählung*, 1980.

In den acht Erzählungen des *Wanderers* ist von jungen Leuten die Rede, denen nichts geschenkt wird: von Außenseitern, Menschen mit schweren Schuhen, Einzelgängern. Es sind Knechte, ungelernte Arbeiter der Fabriken in den Tälern, freie Händler. Ihr Leben besteht aus harter Arbeit, von Vergnügungen ist nicht die Rede. Es sind nicht schwungvolle Erzählungen, eher schwer- und gleichmütig, ohne jede Handlungsbewertung durch den Autor, nichts wird betont: Übersinnliches mischt sich mit Nahem und bleibt doch eindeutig diesseitig, ein Eindruck, der durch den gleichmäßigen Erzählfluß verstärkt wird und den Leser in Bann schlägt.

Franz Böni
Ein Wanderer im Alpenregen

Erzählungen

Suhrkamp

suhrkamp taschenbuch 671
Erste Auflage 1981

Lizenzausgabe mit freundlicher Genehmigung
des Suhrkamp Verlags, Zürich
Suhrkamp Taschenbuch Verlag

Druck: Nomos Verlagsgesellschaft, Baden-Baden
Printed in Germany
Umschlag nach Entwürfen von
Willy Fleckhaus und Rolf Staudt

Inhalt

Der Dorffuhrmann

Die Richtungsangabe des Bergwirts befolgend, schritt Adrian die Alpwiese hinunter. An der bezeichneten Stelle kletterte er über den Zaun und entdeckte tatsächlich zwischen Sträuchern den schmalen Waldpfad. Er hatte jedoch Mühe voranzukommen, da überall ausgerissene Baumstrünke und Teile von Dornenhecken herumlagen. Es schien ihm, als sei noch niemals ein Mensch, oder wenigstens seit langer Zeit nicht mehr, diesen Weg gegangen. Über Hunderte von Metern bewegte er sich am äußersten Rand der Schlucht, wo er ständig in Gefahr war, abzurutschen. In der Tiefe wand sich ein rauschender Wildbach, dort in der Schlucht führte sein Weg über eine Holzbrücke. Meist sprang er von Wurzelstock zu Wurzelstock oder rannte so gut es ging gegen eine Eiche oder Buche, um seinen schnellen Lauf bremsen zu können. Als er endlich die Brücke erreicht hatte, sah er, daß sie an einigen Stellen eingerissen war und die noch vorhandenen Rundhölzer morsch waren. Unter seinen Schritten schwankte sie bedrohlich hin und her. Das Brückengeländer war so schwach, daß er bei der kleinsten Berührung mit ihm unweigerlich in die Fluten stürzen mußte. Froh darüber, das andere Ufer erreicht zu haben, rannte er unwillkürlich einige Schritte, blieb aber plötzlich erstaunt stehen, als er vor sich einen braungelben Pilz von nie gesehener Größe erblickte. Wie er jedoch bei genauerem Hinsehen feststellen mußte, daß es sich gar nicht um einen Pilz, sondern um einen sich am Stamm eines Baumes sonnenden Fuchs handelte, konnte er ein heftiges Erschrecken nicht unterdrücken. Daß der Fuchs ruhig liegenblieb und ihn gar gelangweilt anblickte, verwirrte ihn zusätzlich. Ohne ein Auge von ihm zu lassen, bückte

sich Adrian nach einem Ast und hielt diesen vor die Schnauze des Fuchses. Endlich erhob der sich und begann langsam dem Weg entlang zu schleichen. Mehrere Male sah er sich jedoch um und ließ sich bald, als er sah, daß ihm Adrian nicht folgte, erneut vor einem Baumstamm nieder, um sich weiterzusonnen. Jetzt bemerkte auch Adrian, wie warm die Sonnenstrahlen durch die Bäume drangen.
Beim Weiterwandern mußte er gar vor Wärme die Hemdärmel hochkrempeln. Die Wärme verstärkte sich mehr und mehr, bis ihm beim Jungtannenwald die ganze Tageshitze entgegenschlug. Vor ihm breitete sich die Rodung aus, welche ›Schneckenloch‹ genannt wurde. Doch sein Weg führte mitten durch ein Dickicht, so daß er die Breite nicht genießen konnte. In der Folge gelangte er immer tiefer in ein Buschwerk, daß er schon bald mit beiden Händen die Äste vor sich auseinanderteilen mußte. Dabei mußte er achtgeben, nicht mitten in die Dornen zu greifen. Das Buschgerank verfing sich in seinen Kleidern und riß große Stoffstücke heraus. Irgendwie empfand Adrian das ständige Zupfen und Festhalten der leblosen Heckenzweige an seinen Kleidern als eine leise Warnung vor dem Weitergehen. Auf einmal bemerkte er eine große Anzahl Käfer, die auf den Zweigspitzen saßen und vor seinen Augen hoch und nieder wippten. Er sah sich vor, um nicht beim Packen eines Zweiges versehentlich einen dieser Käfer zu zerdrücken. Erst jetzt hob er den Blick in die Höhe und erblickte über seinem Kopf einen Schwarm von summenden und schwirrenden Insekten. Die Luft war voll von Libellen, Wespen, Sumpfmücken und dicken Hummeln. An den Ästen und Stämmen rannten Spinnen aller Arten hoch. Anscheinend hatte die ungewöhnliche Hitze jedes Lebewesen aus dem Boden gelockt. Wie er den Blick zu seinen Füßen senkte,

sah er, daß zwischen den Dornen haufenweise Gewürm kroch. Der ganze Boden war von Schnecken, Raupen und Schlänglein bedeckt. Würmer krochen auf seinen Schuhen herum, und seinen Beinen entlang kletterten große, schwarze Ameisen. Angewidert machte er sich daran umzukehren, doch er mußte feststellen, daß der Rückweg durch das Dickicht länger war als die Strecke, die noch vor ihm lag. Dadurch, daß er erschöpft war, empfand er das ständige Surren und Schwirren vor sich noch stärker. Die bienenhafte Fleißigkeit und Herumhasterei all der Insekten verwirrte ihm irgendwie die Sinne. Aus diesem Grunde wußte er auch nicht, ob das Bild, das sich ihm nun bot, der Wirklichkeit entsprach oder eine Sinnestäuschung war. Unter einem eigenartig bohrenden Summton drehte sich mitten im Schilf ein hochgestelltes Rad, das von Raupen gebildet wurde, die sich aneinandergehängt hatten. Mitten durch dieses Rad führte eine ebensogebildete Rute, die, gleich einer Wippe, zur ständigen Begleitung dieses Tons, hoch und nieder schlug. Plötzlich riß Adrian erschreckt die Augen auf, da er beim zufälligen Hinabschauen an seinem rechten Ärmel eine Hornisse entdeckte, die in seinem Hemdstoff friedlich schlief. Mit einer raschen Bewegung streifte er die Hornisse ab und atmete erleichtert auf. Doch nun erschreckte ihn das angstvolle Surren einer in seinen Haaren gefangenen Wespe. Als er die Wespe, welche sich nicht allein befreien konnte, aus den Haaren klauben wollte, drückte er sie versehentlich. Im gleichen Augenblick, wie die Wespe endlich davonflog, fühlte er die Schläfe an der Einstichstelle unter einem brennenden Schmerz rasch anschwellen. Er bückte sich, kratzte vom Sumpfboden feuchten Lehmschlamm weg und rieb die Stelle an der Schläfe damit ab.

Als er das Dickicht hinter sich hatte, erblickte er auf dem

Feldweg einen großen Erdklumpen, der aus dem Wiesenbord herausgerissen worden war. An dieser Stelle im Wiesenbord schauten die Waben eines zerstörten Wespennestes hervor. Mitten im Schräghang stand ein alter Schuppen, dessen Wände so stark eingeknickt waren, daß das Dach den Boden berührte. Um einen etwaig im Schuppen hausenden Fuchs zu vertreiben, ging Adrian die einzelnen Wände entlang und schlug mit einem Knüppel dagegen. Zusätzlich warf er noch einige herumliegende Steine auf das Dach, wodurch ein zwei Ziegel sofort brachen. Anscheinend war dadurch auch ein unter den Ziegeln klebendes Wespennest zerstört worden, denn er hörte sich plötzlich von wütendem Summen umgeben. In panischem Schrecken flüchtete er, verfolgt vom Wespenschwarm, in Richtung des Waldes. Es gelang ihm, den Wald zu erreichen, ohne daß er mehr als zweimal gestochen wurde. Der eine Stich war am Hinterkopf, der andere unmittelbar in der Nähe eines Ohres, so daß er mit ihm einige Zeit nichts mehr hören konnte. Als er sich im Schatten ausruhte, erinnerte er sich eines Knaben mit Namen Ulrich Gantenbein, der einmal unversehens in die Nähe eines Bienenhäuschens geraten war. Ein riesiger Schwarm von Bienen hatte sofort seine Verfolgung aufgenommen und sich als dicke Schwade um seinen Hals gelegt. Nur mit Hilfe großer Messer hatten herbeigeeilte Erwachsene den festen Zapfen zerteilen und in einen bereitgehaltenen Sack schließen können.
In der Nähe eines Kahlschlages stand ein zur Hälfte mit Büschen verdeckter Rinderstall. Adrian trat ein, streichelte die vier Rinder, die sich darin befanden, und stieg auf den Heuboden hinauf, wo er bald in einen tiefen Schlaf fiel. Erst am Morgen entdeckte er, daß genau über ihm mehrere große und kleine, zapfenförmige und apfelrunde Wespennester klebten. Draußen schlich eine ver-

wilderte Feldkatze herum, die sich wahrscheinlich schon seit längerer Zeit von Mäusen ernährte. Ihr Fell war arg zerzaust und ruppig. Mit großer Geduld gelang es Adrian, die Katze anzulocken. Ihre Zähne waren spitz, und die scharfen Krallen bohrten sich in seine Arme, sobald er die Katze festhalten wollte. Adrian versuchte sie mit einem rostigen Draht an einen Pfahl zu binden. Sie wehrte sich aber so wütend und brachte ihm ernsthafte Verletzungen an den Armen bei, daß er sie loslassen mußte. Als er sie über die gelben Wiesen davoneilen sah, wußte er, daß er ihr Vertrauen für immer verloren hatte. So mußte er sein Vorhaben, eine Katze zu halten, aufgeben. Am äußeren Ende der Rodung entdeckte Adrian oberhalb des Feldweges einen abgeschlossenen Schuppen. Dort setzte er sich auf eine Holzbeige und schaute über die riesigen gelben Weizenfelder in die Ebene hinunter. Durch die in der Hitze vibrierende Luft über den Feldern sah er die roten Dächer des von stolzen grünen Linden umrahmten Bauerndorfes. Mehrere Tage verbrachte er damit, beim Schuppen zu sitzen und zum halbverborgenen Dorf hinüber zu schauen.
Am Ende des Feldweges, in einer Mulde, lag ein von einer hohen Mauer umgebener alter Friedhof. An einem sonnigen Septembertag wagte sich Adrian bis dort hinunter, wo er erst zögernd vor der Mauer herumschlich. Endlich trat er in den Friedhof ein, ging über die Wiese und gesellte sich zum Totengräber, der dabei war, ein Grab auszuheben. Der Totengräber erklärte, daß er das Grab für die zweite Frau des Bodenmanns vorbereite. Sie lasse einen Sohn zurück, welcher Maurer gelernt habe. Es sei dies jedoch nicht ein vom Bodenmann gezeugter Sohn. Der Bodenmann habe ihm das selber gesagt, als dieser bei einem Spaziergang mit seinem Wolfshund hier draußen gewesen sei. Der Sohn sei vom Bosshard ge-

zeugt, der im *Hofacker* wohne. Er habe zu ihm gesagt: was ist denn mit dem Hund los? der ist doch krank? Doch der Bodenmann habe gesagt, nichts sei los, solche Hunde würden so stinken, das sei ganz normal. Aber nein, habe er erwidert, das sei doch nicht normal, daß ein Hund so aus den Ohren rieche, und dann das Ekzem auf der Schnauze. Du treibst dich wohl zu sehr in den Wirtshäusern herum und läßt den Hund verkommen, habe er zu ihm gesagt. Der Totengräber kletterte aus dem Loch und ging hinüber zu den Kindergräbern. Es waren zwölf Gräber, deren Grabsteine zusehends neuer wurden. Auf den meisten war unter dem Namen der Hinweis *Totgeburt* zu lesen. Vor dem letzten Grab, für welches noch kein Stein erstellt worden war, blieb der Totengräber stehen. Dieses Kind, sagte er, sei im letzten Haus des *Hofackers* ganz zufällig in einer Mülltonne gefunden worden. Es sei dies jenes Haus, in welchem die Handlanger des Baugeschäfts Kutter AG wohnen würden. Niemand wisse genau, wer oder wieviel Personen dort hausen würden. Es sei mehr eine Notunterkunft für die Familien der Bauarbeiter, bevor ihnen von der Firma eine richtige Wohnung zur Verfügung gestellt werde. Die Fensterläden seien immer geschlossen. Es falle nicht auf, wenn eine Frau schwanger und dann überhaupt nie ein Kind zu sehen sei. Der Totengräber deutete zum nahen Wald hinauf. Im vergangenen Herbst, als die Blätter von den Buchen gefallen seien, sagte er, sei dort oben eine Baumhütte zum Vorschein gekommen. Ohne daß ihn jemand gesehen habe, sei dort oben der junge Küng gesessen. Im Dorf sei er von den Eltern gesucht worden, doch niemand habe von dieser Baumhütte gewußt. Er habe den jungen Küng wohl gesehen, wenn er mit Brettern auf dem Fahrrad in den Wald hinauf sei, habe sich jedoch nichts dabei gedacht. Das Fahrrad sei ihm natürlich sofort weggenommen und die Baumhütte heruntergeschlagen worden. Man habe ihn dann nicht mehr so oft gesehen, doch sei er merkwürdig geworden. Er habe Verfolgungswahn von Fahrrädern gehabt. Plötzlich habe der sich umgedreht und erschrocken ›Schon wieder ein Velo‹ gerufen. Jetzt sei er in einem Heim im Unterland und besitze einen Vormund, habe er gehört. Doch Hütten, in welchen sich die Kinder versteckten, würden weiterhin gebaut. Es sei dies eine richtige Lieblingsbeschäftigung der Kinder. In jedem Wald stoße man auf angefangene oder bereits wieder halbzerstörte Blockhütten, Baumhütten oder Steinburgen. Erst am Sommeranfang seien wieder zwei Knaben gesucht und schließlich friedlich schlafend in einer sogenannten Grabhütte gefunden worden. Unter den wohl größten Anstrengungen hätten die beiden in einem wurzeldurchsetzten Waldboden ein Grab ausgehoben und dann mit einem kleinen Stamm und mit Ästen und Lehm ein Dach darüber gebaut. Wohl vor Müdigkeit seien sie im Innern dann nebeneinander liegend sofort eingeschlafen und erst nach Einbruch der Dunkelheit gefunden worden. Aber zurzeit hätten die Kinder des Dorfes anderes zu tun, sagte der Totengräber. Das Dorf werde ja von einer richtigen Roßkäferplage heimgesucht, ob er denn nichts davon wisse? Die Kinder seien mit Flaschen voll Traktoröl unterwegs und würden jedes Loch in der Wiese damit füllen. Wenn der Erdkrebs dann völlig geschwärzt ans Tageslicht gekrochen komme, würden sie ihn mit den Schuhen zertreten. Dem alten Küng sei es ja auch schlecht ergangen, als er am Morgen plötzlich eine Maulwurfsgrille am Stallbalken entdeckt habe. Mit einem langen Besen habe er den Erdkrebs heruntergefegt, sei dann aber dummerweise in die Fallrichtung gerannt. Der tote Käfer sei ihm auf den Kopf und in den Hemdkragen gefallen. Der Küng habe geschrieen, weil er geglaubt habe, der Käfer sei ihn angesprungen. Wenn man auf Schritt und Tritt diesen Werren begegne und bei jedem Spatenstich eine zutage befördere, werde man halt schon nervös. Die Frau Gubler von der Wagnerei habe sogar eine im Abtritt, neben dem Spülgriff kriechend, entdeckt. Sie sei dann tagelang nicht mehr in dieses Häuschen gegangen. Man dürfe nicht vergessen, daß Maulwurfsgrillen oft zehn Zentimeter lang seien und von schwärzlicher oder braungelber Farbe und, mit zwei gutbeweglichen Fadenfühlern versehen, herumkriechen würden.

Wenn die Sonne untergegangen war, lag Adrian oft in der Tiefe der Rodung im Gras und genoß die angenehme Kühle nach einem heißen Tag. Eines Abends wurde jedoch sein Frieden durch das Geräusch eines Karrens gestört, der die Friedhofsmauer entlanggezogen wurde. Deutlich hörte er das Knirschen des Kieses unter den langsam dahinrollenden Karrenrädern. Bei jeder Umdrehung der Räder quietschten sie, und Adrian konnte daraus erkennen, wie unendlich langsam sich der Fuhrwagen der Rodung näherte. Er richtete sich im hohen Gras auf und erblickte einen Karren, an dessen Deichsel ein altes Pferd angeschirrt war und auf dessen Bock ein hagerer Mann saß. Er fragte sich, was wohl um diese Zeit ein Mensch ins ›Schneckenloch‹ treiben konnte. Er vermutete einen Fuhrmann aus dem Dorf, der aus dem verschlossenen Schuppen ein neues Karrenrad holen mußte. Doch das einsame Gefährt fuhr achtlos über den Rand der Mulde hinaus, ließ den Schuppen hinter sich und näherte sich unweigerlich der Stelle, an welcher Adrian verborgen lag. Er legte sich flach ins Gras und wartete gespannt darauf, daß der Karren an ihm vorüberfuhr. Als er die Ausdünstung des Pferdes roch, konnte er seine Anspannung beinahe nicht aushalten. Das Gefährt bewegte sich unaufhaltsam mit dem regelmäßigen, beinahe traurigklingenden Quietschgeräusch genau auf ihn zu. Eine lähmende Angst vor einer möglichen Entdeckung packte ihn. Er zählte, das Gesicht in der Erde vergraben, die langsamen Umdrehungen der Räder und sah mit einem Auge den Mann, der in der Linken die Zügel und in der Rechten die Peitsche hielt. Mit großem Schrecken hörte Adrian den Karren anhalten und sah den Dorffuhrmann sich in seiner ganzen Größe auf dem Bock aufrichten. Dieser blickte genau zu der Stelle, wo Adrian bewegungslos im hohen Gras lag, und rief mit höhnischer Stimme: Was versteckst du dich noch, wo doch bereits das ganze Dorf davon spricht, daß sich ein Strolch im ›Schneckenloch‹ herumtreibt!

Ein Wanderer im Alpenregen

A. erwachte. Es war fünf Uhr. Der Gedanke an den Ausflug nahm ihm sofort jede Müdigkeit. Er stieg aus dem Bett und zog sich an. Die Eßwaren und die Flasche Lindenblütentee lagen auf dem Tisch. Er stellte den Rucksack auf den Stuhl. Zuerst packte er die Regenjacke und die Wolldecke ein. Auf die Wolldecke legte er dann die Eßwaren und die Plastikflasche. Er schlüpfte in den Rucksack und verließ sein Zimmer. Leise stieg er die steile Holztreppe hinunter. Er schloß hinter sich die Haustür und trat in die Nacht hinaus. Es war kalt. Der Gehsteig war schmal, weshalb A. mitten auf der Straße ging. Den ersten Arbeiter entdeckte er bei der Anstalt. Als er zum Schlafhaus kam, sah er, daß in einem Zimmer ein schwaches Licht brannte. Auch hörte er aus dem Innern ein Ächzen und Stöhnen. Wahrscheinlich war einer der Insassen krank. Vielleicht wurde aber auch schon zu dieser Stunde die Küchenmannschaft geweckt. Aus dem Dunkel erhob sich die Protestantische Kirche. A. bog in die Postgasse ein. Er war froh, als er die beängstigend dunklen Gassen hinter sich hatte und auf den Flußweg hinauskam. Hier war es heller. Wieder sah er einen Arbeiter. Und zwar kam dieser den Altmühleweg gegangen und trug eine dünne Ledermappe bei sich. Am Bahnhof standen gleich mehrere Arbeiter mit abgewetzten Ledermappen herum. Nur sehr wenige standen vorn am Geleise. Die meisten hielten sich hinter der Bedürfnisanstalt oder dem Lagerhaus verborgen. A. wußte nicht, warum sie sich versteckten. Er beobachtete, wie sie von Zeit zu Zeit den Kopf vorbeugten und ihn prüfend anschauten. Als der Zug kam, drängten sie über die Geleise und stiegen ein. A. sah, wie sie sich hinter die beleuchteten Fenster setzten. Sie preßten ihre Gesichter an die Scheiben und starrten ihn, der auf dem Gehsteig stand, an. Dann fuhr der Zug ab. Nach kurzer Zeit kam von der Stadt her auch schon sein Zug gefahren. Er stieg in den einzigen beleuchteten Waggon ein. Wie erwartet, gab es keinen zweiten Fahrgast. Er stellte den Rucksack auf die Bank und setzte sich ans Fenster. Während der Fahrt sah er die in der Ebene liegenden Höfe und eine verlassene Badeanstalt. In der Spinnerei, die sich auf einem Hügel befand, brannten alle Lichter. A. nahm kaum wahr, was er sah. Er glaubte, auch heute in Richtung Stadt unterwegs zu sein. Immerhin war es seine erste Fahrt talaufwärts. Dies, obwohl er seit Geburt in diesem Tal lebte. In jedem Bahnhof erwartete er die bekannten Ortsnamen zu lesen. Er traute deshalb seinen Augen nicht, als nun der Zug beim nächsten Halt so hielt, daß sich die Tafel genau vor sein Fenster schob und er darauf den ihm beinahe fremd erscheinenden Namen SALAND las. Die Sonne kam über dem Wald hervor und schien genau in sein Fenster. Er dachte an seine Kollegen in der Fabrik und an all die sonnigen Tage, die er in ihr verbracht hatte. Er fand, daß es höchste Zeit zu diesem Ausflug war.

Um acht Uhr stieg er aus und wartete auf den Anschlußzug. Um während des Aufstiegs etwas zu lutschen zu haben, zog er sich aus dem Bahnhofsautomaten eine Schachtel Eukalyptus-Pastillen. Mit dem Anschlußzug fuhr er noch eine knappe Stunde weiter. Als er um zehn Uhr am Ausgangsort seiner Wanderung eintraf, wärmte die Sonne bereits recht stark. Schon nach der ersten Stunde Wanderung brannte die Sonne heißer als ihm lieb war. Er mußte erkennen, daß sein Aufstieg in die Zeit der größten Hitze fiel. Auch schien es, als wollte der Weg nie durch Wald führen. Nach zwei Stunden steilen Anstiegs war er mit seiner Kraft am Ende. Doch hatte er sich vorgenommen, nicht eher Mittagsrast zu halten, als bis er den ›Rinderstall‹ erreicht haben würde. Diesen Vorsatz ausführen zu können, schien ihm jedoch unmöglich. An einem schattigen Ort aß er eine Tomate. Sie schmeckte vorzüglich. Doch gleich setzte er seinen Aufstieg fort. Immerzu wartete er darauf, den ›Rinderstall‹ auftauchen zu sehen. Die Vermutung, dieser könne nicht mehr weit entfernt liegen, erwies sich bald als Irrtum. Anscheinend hatte er die Länge der ersten Wegstrecke unterschätzt. Schweiß bildete sich auf seiner Stirn und am Rücken. Die Rucksackriemen schnitten ihm ins Fleisch. Sein Mund war fortwährend trocken. Wiederholt steckte er sich eine Eukalyptus-Pastille in den Mund. Sie erwiesen ihm einen guten Dienst, was nicht hieß, daß Traubenzucker-Tabletten nicht ebenso geeignet gewesen wären. Die Hitze wurde immer unerträglicher. Er begann zu stolpern, weil er aus Müdigkeit die Füße nicht richtig hob. Seine Beine zitterten vor Schwäche. Zusätzlich ermüdete ihn auch die Enttäuschung darüber, daß er sein Ziel in der vorgesehenen Zeit nicht würde erreichen können. Die Verkrampfung bei den Schulterblättern breitete sich über den Nakken und die Oberarme aus. Er wischte sich den Schweiß von der Stirn und zog seine Taschenuhr hervor. Die Tatsache, daß bereits dreizehn Uhr war, erschreckte ihn. So war er gezwungen, seine Mittagspause jetzt zu halten. Im Schatten eines Strauches breitete er die Wolldecke auf dem Boden aus. Zuerst zog er sich die Schuhe und die Socken aus. Dann trank er Lindenblütentee. Er aß Brot und Käse. Dazwischen trank er wieder und aß noch eine Tomate und einen Apfel. Er war recht hungrig. Nach dem Essen empfand er Lust auf etwas Süßes, und er merkte, daß er vergessen hatte, Kuchen mitzunehmen. Doch da erinnerte er sich seiner Eukalyptus-Pastillen und steckte rasch einige in den Mund. Barfuß schritt er im kühlen Gras herum. Dann legte er sich ausgestreckt auf die Wolldecke. Auf der leicht abfallenden Wiese mit dem Kopf oben zu liegen, schien ihm jedoch nicht sonderlich bequem. Er drehte sich deshalb um und lag nun mit dem Kopf nach unten. Viel wohler fühlte er sich dadurch nicht, aber er dachte, daß es vielleicht gesünder sei. Tatsächlich beruhigte sich sein Herz, und der Körper kühlte ab. Als die Rast um war, fühlte er sich gestärkt. Auch schien es ihm, als hätte die Hitze stark nachgelassen. Dies erwies sich jedoch als Irrtum, wie er merkte, als er wieder auf dem Wanderweg war. Die Hitze hatte eher noch zugenommen. Wieder begann er zu schwitzen. Er trank den letzten Rest Tee. Gegen den ausgetrockneten Mund war dies jedoch zwecklos. Alle Flüssigkeit schied sogleich als Schweiß aus seinem Körper. Wieder war er durstig. Mühsam schleppte er sich aufwärts. Verzweifelt wartete er darauf, endlich die Fassade des ›Rinderstalls‹ zu erblikken. Er verstand nicht, wie sich der Weg dermaßen in die Länge ziehen konnte. Langsam begann ihn seine Situation zu erschrecken. Es war fünfzehn Uhr, das erste Teilstück hatte er noch immer nicht hinter sich, und vor Einbruch der Nacht mußte er die Käseralp erreicht haben. Seine anfängliche Berechnung, um achtzehn Uhr am Ziel zu sein, mußte er abändern. Nach seinem gegenwärtigen Stand zu urteilen, würde er erst um zwanzig Uhr auf der Alp ankommen. Dies durfte jedoch keinesfalls geschehen. Bei Nacht in den Hochalpen unterwegs zu sein, erschien ihm als gefährlich. An ein Übernachten im Wald war wegen der extremen Nachtkälte im Gebirge überhaupt nicht zu denken. Er wurde mutlos. Beim Erblicken des ›Rinderstalls‹ wunderte er sich über dessen ungewöhnliche Größe. Er schätzte, daß wohl an die fünfzig, wenn nicht gar hundert Tiere, in seinem Innern Platz finden würden. Sein Mund war erneut ausgetrocknet. Er besaß nur noch wenige Eukalyptus-Pastillen. Mühselig setzte er einen Fuß vor den andern und schob sich vorwärts. Er hatte Durst, doch die Flasche war leer. Es machte nun doch den Anschein, als sei die höchste Temperatur überschritten. Auch war der Weg nicht mehr so beängstigend steil. Längere Zeit führte er durch Wald. Langsam begann A., Augen für die Umgebung zu haben. Am Wegrand blühten einige erstaunlich schöne Blumen. An der Rindertränke konnte er sich Gesicht und Arme erfrischen. Er hatte in nur zwei Stunden den zweiten Drittel des Weges hinter sich gebracht. Er wartete nun, daß die Sonne hinter den hohen Bergen versinken würde. Wieder trat er in einen Wald ein. Als er nach einer längeren Zeit am anderen Ende wieder heraustrat, stellte er fest, daß die Sonne hinter den Bergen verschwunden war. Nur noch eine kleine Strecke war zu gehen. Er hatte Hunger. Langsam überkam ihn die Erschöpfung durch den Aufstieg. Das rechte Knie zitterte. Es war achtzehn Uhr vorüber, als er die Ebene der Käseralp vor sich im Dämmerdunkel erblickte. In ihrer Mitte stand einsam das dazugehörende Gasthaus. Er konnte mit seiner Ankunftszeit zufrieden sein. Als er vor der Tür stand, vernahm er Stimmen. Offenbar hatten noch andere Leute einen Ausflug gemacht. Beim Eintreten mußte er feststellen, daß sogar recht viele Gäste da waren. Es waren wohl Bauern aus den umliegenden Tälern. Er konnte an die zwanzig ihm zugedrehte Köpfe zählen. Als sie genug geschaut hatten, widmeten sie sich aber doch wieder ihren eigenen Gesprächen. So konnte sich A. ruhig an einen leeren Tisch setzen. Er bestellte sich einen halben Liter sauren Most. Beim raschen Trinken erschien er ihm jedoch, wohl wegen des trockenen Mundes, geradezu süß. Die Wirtin konnte nicht glauben, daß er während der größten Tageshitze an der Sonnenseite diesen Aufstieg gemacht hatte. Sie betrachtete seine Leistung als unwahrscheinlich. Später setzte sich der Wirt an seinen Tisch. Er erzählte A., daß ohne Rinderzucht ihr Gasthaus nicht rentieren würde. Dann nannte er noch die Namen der umliegenden Berggipfel. Schließlich erzählte er von Bergsteigern, die, zum Teil an lächerlichen Felsen, zu Tode gestürzt waren. Sogar hier auf dieser Alp hätten sie schon einige Gäste tot am Fuß von Felsen aufgefunden. Es gebe einige Felsen, die man leicht unterschätze. Viele Unfälle würden sich natürlich im Winter ereignen, wenn die Abgründe mit Schnee verdeckt seien. A. aß den Rest Brot und den Rest Käse, die letzte Tomate und den letzten Apfel. Dann bestellte er sich einen Kaffee-Träsch. Die ganze Zeit über waren aber ununterbrochen neue Gäste in die Stube getreten, so daß sich A. zu fragen begann, was eigentlich los sei. Er vermutete, daß vielleicht im St. Gallerland und vielleicht sogar im Appenzellerland ein Feiertag war. Er beschloß, schon mal seinen Rucksack in die Schlafkammer zu bringen, und verließ die Gaststube. Im Schlafraum öffnete er als erstes das geschlossene Dachfenster, um frische Luft hereinzulassen. Dann legte er den Rucksack auf die äußerste Schlafstelle des Massenlagers. Er wollte verhindern, daß er, falls noch weitere Gäste hier übernachteten, mitten unter sie zu liegen kam. Dann schaute er zum Dachfenster hinaus, zum Hang hinüber. Wie von einem Katapult vom St. Gallischen heraufgeschleudert, tauchten dort in einem fort Bauern auf, die in großer Eile ins Gasthaus herunterhasteten. A. konnte sich diese Tatsache nicht erklären und nur kopfschüttelnd diese Massenwanderung mitverfolgen. Einige der Bauern waren in Tracht gekleidet, andere trugen Rucksäcke oder große, schwarze Ledertaschen. Ihre Gesichter waren wettergegerbt, die Rücken von der Arbeit gekrümmt. Breite Hosenträger zogen den Bund bis in die Rückenmitte, in den Mündern hielten sie umgedrehte ›Lindauerli‹. A. erwartete, in der Gaststube keinen Platz mehr vorzufinden. Als er eintrat, fielen ihm acht kleine Bauern auf, die an einem langen Tisch saßen und zu ihm hinsahen. An ihren Ohrringen sah er, daß es sich um Appenzeller handelte. Es schien ihm, als würden sie ihm zuwinken, und so ging er widerwillig zu ihnen hin. Sie rutschten zusammen, drängten näher aneinander und boten ihm einen Platz an. Wie erwartet, begannen sie auch sofort einen Witz nach dem andern vom Stapel zu lassen. Den Umstand, daß diese nicht recht seinen Humor ansprachen, erklärte er sich dadurch, daß er weder die Welt noch die Bräuche der Appenzeller kannte. Sie sagten dann auch, daß tatsächlich ein Feiertag sei und daß noch weit mehr Gäste erwartet würden. Bestimmt werde bis morgens vier Uhr durchgefestet. A. hatte den Eindruck, daß sich die Appenzeller, wie auch die anderen Gäste, untereinander erst in der Gaststube kennengelernt hatten. Daß also ihr aller Zusammentreffen ein zufälliges war. Er machte den Fehler, bei ihren Geschichten zu lachen, sodaß sie sich richtig Mühe gaben, noch mehr zum besten zu geben. Immer näher beugten sie sich zu ihm hin und erzählten schließlich die Witze nur noch ihm zuliebe, der sie ja gar nicht als lustig empfand. Sogar vom Nebentisch kamen Bauern zu ihnen, schoben Stühle heran und erklärten, daß sie Toggenburger seien. Mehrere von ihnen begannen Geschichten aus der Schulzeit zu erzählen. A. konnte nicht verstehen, wie man sich mit einer Zeit noch abgeben mochte, die doch so lange zurücklag. Seines Erachtens sollten Ereignisse aus der Schulzeit der Vergangenheit angehören und nicht unnötig aufgefrischt werden. Doch er konnte nicht verhindern, daß nun gar einer der Bauern der Länge und Breite nach einen Fall schilderte, in welchem ein Kind auf dem langen Schulweg im Schnee erfroren war. Auch er, sagte er, habe im Winter zwei Stunden lang, mit dem Fahrrad auf der Schulter, durch die riesigen Schneemassen stapfen müssen, um die Schule zu erreichen. Ein anderer erzählte, wie sie nach einem schrecklichen Sturm hätten umkehren müssen, weil der ganze Schulweg von ausgerissenen Bäumen versperrt gewesen sei. Zu allem Übel kamen jetzt die Bauern auch noch aufs Philosophieren. Der Reihe nach sagte jeder etwas über Wert und Schönheit der Schulzeit. Schließlich waren sie alle zum selben Schluß gekommen, in welchem sie sich nicht genug mit ›Jawohl‹ und ›Das ist wahr‹ bestätigen konnten, daß sie nämlich eine schrecklich schöne Kinderzeit gehabt hätten. Sie hatten alle miteinander ein Lächeln in die Gesichter bekommen, das sie nicht mehr wegbringen konnten. So saßen sie mit ihren ledrigen Gesichtern da, und ihr Lächeln wirkte wie der geschnitzte Mund einer Holzmaske. Leicht wippten sie hin und her und schauten in Erinnerung versunken mit glasigen Augen vor sich hin. A. sah die alten verbrauchten Gesichter, brachte sie mit dem Erzählten in Verbindung und konnte ein Gefühl von Ekel nicht zurückhalten. Irgendwie empfand er die Reden von kurzen Hosen und Fangspiel aus dem Mund von alten Bauern als nicht natürlich. Der Gedanke, daß die Männer wohl nur physisch älter geworden waren, brachte ihn zu der Vermutung, daß sie gar keine schöne Schulzeit verbracht hatten. Vielmehr mußte sie in ihren Schrecknissen von solcher Gewalt gewesen sein, daß sie sie noch immer nicht hatten überwinden können und dazu verdammt waren, zeitlebens über sie zu sprechen. Ihre Geistesentwicklung war wohl, sinnlos in die Suche nach einer Identität verbohrt, gleichsam im Alter der Halbwüchsigkeit steckengeblieben. Und plötzlich durchfuhr A. die schreckliche Offenbarung, daß er gar nicht mit alten Bauern, sondern mit den noch immer in ihnen steckenden, angstvoll aus ihren Augen starrenden vierzehnjährigen Knaben am Tisch saß. Diese Entdekkung verursachte ihm eine nicht gelinde Übelkeit, sodaß er rasch einen halben Liter Magdalener bestellte. Lange Zeit vor Mitternacht verließ er die Gaststube und ging in die Schlafkammer hinauf. Als er zum Dachfenster hinausschaute, erblickte er die neben ihm gesessenen, jetzt den Hang hinaufkletternden Toggenburger. Oben angekommen, ließen sie Jauchzer und Jodler gegen den Himmel erschallen, riefen Wörter zum Gasthaus hinunter, warfen ihre Mützen in die Luft und schlugen Purzelbäume im Gras. Dann sanken sie immer tiefer hinter den Hang, bis nur noch ihre Köpfe über dem Grat tanzten, während sie mit den Beinen bereits im Abstieg ins Toggenburg begriffen waren. A. legte sich ins leere Massenlager und versuchte, trotz des zu ihm heraufdringenden Gaststubenlärms, zu schlafen. Zu seinem Entsetzen waren nun auch noch Musikinstrumente zu hören. Unter den weiterhin fortwährend eintreffenden neuen Gästen war völlig unnötigerweise offenbar auch noch eine Ländlerkapelle angekommen. Doch seine Erschöpfung nach dem strengen Aufstieg half ihm schließlich, doch noch einschlafen zu können. Etwa um drei Uhr erwachte er davon, daß einige Betrunkene, laut grölend, polternd in die Schlafkammer traten. Jemand rief, sie sollten Ruhe geben, da es Gäste gebe, die zu schlafen wünschten. Nun sah A. auch, daß alle Schlafstellen belegt waren, daß er also doch tief geschlafen haben mußte und niemanden hatte kommen hören.

Als er am Morgen erwachte, sah er, daß er wieder vollkommen allein in der Schlafkammer lag. Er zog sich rasch an, ging hinunter und bestellte ein Frühstück. Überall stieß er auf Zeugen der nächtlichen Sauferei. Stühle waren zerbrochen und der Boden versaut. Es verwunderte ihn demzufolge gar nicht, als ihn die Wirtin bat, für das Frühstück am besten am Tisch vor der Gaststube Platz zu nehmen. Dort stieg ihm aber ein Geruch in die Nase, dessen Ursache er sogleich zu erkennen glaubte, aber nicht benennen wollte. Der Geruch verstärkte sich so, daß schließlich kein Zweifel mehr möglich war. Als dann noch die Speisen vor ihm lagen und er wußte, daß der Geruch ebenfalls von Speisen, jedoch von erbrochenen, herrührte, wollte ihm der Appetit gar nicht recht kommen. Er zwang sich, ein wenig zu essen, stellte jedoch fest, daß der Geruch umso stärker wurde, desto mehr er sich der Tischplatte näherte. Schließlich mußte er sich sagen, daß sich der Betrunkene, im Türrahmen stehend, in weitem Bogen genau über diesen Tisch übergeben haben mußte. Die Brote und die leicht ranzige Butter wirkten auf dem rohen Holz abstoßend. Nun erblickte er unter dem Tisch die Rückstände von Wasser, und er wußte, daß die Wirtin das Erbrochene lediglich mit einem Eimer Wasser vom Tisch geschwemmt hatte. Die Frechheit der Wirtin, anzunehmen, jetzt sei der Tisch sauber, und ihm hier das Frühstück zu servieren, empörte ihn. Da es sowieso schon spät war, erhob er sich und machte sich an den Abstieg. Und zwar ging er denselben Weg, den die Toggenburger bei Nacht gegangen waren. Der Himmel war bedeckt mit Wolken. Vor ihm rollten Steine, und er erblickte ein Rudel Gemsen, das den Schotterhang hinaufkletterte. Hier fielen ihm auch die ersten Regentropfen ins Gesicht. Er ging den über Schotterhänge und um Felsnasen führenden Weg hinunter und verlor rasch an Höhe. Doch er merkte, daß er dem Regen nicht würde entgehen können. Schon bald war er gezwungen, die nur zur Not mitgenommene Regenjacke anzuziehen. Der Regen prasselte aber bald in solcher Stärke nieder, daß sie ihm nicht viel nützte. Er war deshalb froh, als er in der

Gegend des ›Schäniser Berges‹ eine unverschlossene Sennhütte fand, in deren Innern er auf das Nachlassen des Regens warten konnte. Er legte sich flach auf ein schräg liegendes, breites Brett und lauschte dem über ihm klopfenden und scheppernden Regen. Es verwunderte ihn nicht, daß er den nun plötzlich im Türrahmen stehenden Sennen nicht kommen gehört hatte. Er schämte sich, daß er so besitzergreifend, wie ein Dieb, in einer fremden Hütte auf diesem Notbett lag. Rasch erinnerte er sich seiner Eukalyptus-Pastillen und schüttete dem Sennen die letzten in die hohle Hand. Mißtrauisch sah der Senn auf die grünen Kügelchen, steckte sie dann aber doch in den Mund. Dann holte er Hammer, Bretter und Nägel und ging hinaus. A. hörte etwa eine Stunde dem gleichmäßigen Hämmern zu. Plötzlich erschien der Senn jedoch völlig verstört im Türrahmen und näherte sich drohend A.'s Lager. Er gestikulierte wild in der Luft herum und war sichtlich über irgendetwas erzürnt. Er rief schwerverständliche Wörter und sprach in einem für A. fremden Dialekt. Er verwarf die Hände, sog Luft in den Mund und deutete darauf. Er redete erschrocken in seiner Sprache, meinte offenbar die Eukalyptus-Pastillen, und schrie auf A. ein, bis dieser verstand, und diese Erkenntnis war ihm eine gänzlich unfaßbare, daß die von den Kügelchen hervorgerufene Kühle im Mund des Sennen, trotz der seither verstrichenen Zeit, seltsamerweise noch immer nicht vergangen war.

Raben

An diesem Herbsttag lag dicker Nebel über dem Dorf. Es war frühmorgens, und alle Dorfbewohner schliefen. Doch A. stand schon vor dem Lagerhaus, in welchem Karrer wohnte, zur Wanderung bereit. Vom Tor her klangen Schritte. Gespannt schaute A. in Richtung der Geräusche. Im Nebel zeichnete sich der Umriß eines Mannes ab. A. sah, daß Karrer gleich ihm einen Mantel angezogen hatte und daß er an den Füßen halbhohe Schuhe trug. Dann schaute er ihm ins Gesicht und begrüßte ihn. Sie verloren keine Zeit und machten sich sogleich auf den Weg. Zuerst schritten sie rasch voran, um warm zu bekommen. Bereits beim ersten Gehöft verließen sie den Weg und nahmen die Abkürzung über die Wiese. Als sie am Steilhang gingen, mußten sie achtgeben, auf dem Gras nicht auszurutschen. Durch den Nebel erkannten sie das Transformatorenhäuschen. Ein Stück weiter konnten sie das Türchen zur Brunnenstube ausmachen. Es war vollständig von Rost bedeckt und stand halb geöffnet. A. sah, wie sich Karrers Schuhe bei jedem Schritt in den weichen Boden gruben. Am höchsten Punkt des Hügels blieben sie eine Weile stehen. Sie standen neben dem Bänklein und lauschten in den Nebel. Alles war totenstill, nur der Katzenbach in der Tiefe rauschte. Dann begannen sie langsam mit dem Abstieg zum Bach. Karrer wußte, wo er die Füße hinsetzen und wie er sein Gewicht verlagern mußte. Das war die Erfahrung der regelmäßigen Wanderungen. Sie folgten dem Lauf des Katzenbaches und kamen an eine ungedeckte Eisenbahnbrücke. Hintereinander balancierten sie über die Schienen und erreichten die andere Seite. Wiederum folgten sie dem Bachlauf und überquerten den alten Viehmarktplatz. Viele Pflöcke waren verfault oder umgeworfen, die Stangen rostig und verbogen. Jetzt hatten sie das Tal vor sich. Aus dem Nebel tauchte eine Scheune auf. Der Anblick dieser Scheune machte Karrer gesprächig. Hier, sagte er, beginnt das Rabental! Die Raben seien alle auf der Scheunenwiese, doch wegen des Nebels könne man sie noch nicht sehen. Auch die gleichmäßig angelegten Felder und Wiesen seien noch vom Nebel verdeckt. Doch der Nebel war nun nicht mehr so dick. Langsam begann er an den Hängen hochzusteigen, und langsam gab er die Sicht auf die Raben frei. Dicht aneinandergedrängt waren sie auf der Wiese versammelt. Bis zu den hintersten Enden hatten sie sich niedergelassen. Kein Krächzen war zu hören. Obwohl die Scheune in ihrer Mitte stand, befanden sich alle Raben auf dem Boden. Hier, sagte Karrer, grenzt eine Wiese an die andere und eine Wiese ist wie die andere, doch die Raben befinden sich immer nur auf der Scheunenwiese! Obwohl hier eine Scheune stehe, sei nie auch nur ein Rabe auf ihrem Dach zu sehen. Die Raben seien seine Lieblingsvögel. Er beobachte alle Vögel. Es sei jedoch besonders wichtig, das Verhalten der Raben zu studieren. Der Weg führte sie durch das Gehöft »Im Feld«. Sie machten leise, damit der Hofhund nicht geweckt wurde. Bei der Tränke begann Karrer wieder von den Raben zu erzählen. Die Raben, sagte er, seien es gewesen, die ihn vor der Strafe des Richters gerettet hätten. Nur dem fortwährenden Studieren der Gewohnheiten der Raben habe er zu verdanken, daß die Ausführung der Strafe nicht erfolgt sei. Doch sei es nicht die Strafe an und für sich, die ihn beunruhige, vielmehr sei es die Tatsache, daß er ihr so knapp, nämlich nur dank seiner Beobachtungsgabe, entgangen sei. Eines habe er gleich zu Beginn seines Beobachtens herausgefunden, daß die Raben nie ohne Grund am Himmel kreisen würden. Gehe ein Mensch einfach an ihnen vorbei, so würden sie nicht auffliegen. Die Tauben wohl, aber die Raben nicht. Nur dieses Wissen, daß Raben nicht grundlos auffliegen, habe ihn vor der Strafe des Richters bewahrt. Sie begannen den »Schnurberg« hinaufzusteigen. Die Straßenbreite ermöglichte ihnen ein bequemes Nebeneinandergehen. Ebensowenig wie die Strafe, fuhr Karrer fort, habe ihn der Besuch des Richters beunruhigt. Der Besuch habe ihn nicht beunruhigen können, weil er nämlich von ihm gewußt habe. Solche Leute kommen nie überraschend. Immer sei er darauf gefaßt gewesen, und gerade an diesem Tag habe er mit ihm gerechnet. Das sei keine Hexerei. Wenn man lebe wie er, wenn man jeden Tag nach ›Neugrüt‹ oder zum ›Schreizer-Giessen‹ hinaufwandere, müsse man mit dem Besuch des Richters rechnen. Deshalb sei er nicht erstaunt gewesen, als er die Tür geöffnet und den Richter im Hof habe stehen sehen. Sie hatten die Schnurberghöhe erreicht. Bevor sie in den Wald hinein traten, schauten sie nochmals ins Rabental hinunter. Damals habe er den ganzen Tag gewußt, daß der Richter kommen würde, sagte Karrer. Am Nachmittag sei er gar ins Dorf, um nach dem Richter Ausschau zu halten. Es sei nämlich Brauch des Richters, bevor er am Abend auf Besuch gehe, sich bereits den Tag über im Dorf aufzuhalten. Er höre sich dann unter den Leuten um, welche Meinung sie vom Betreffenden haben. Um dabei nicht erkannt zu werden, verkleide er sich. Es habe also gegolten, nach einem Verkleideten Ausschau zu halten. Er habe deshalb jeden Handwerker genau unter die Lupe genommen. Bei jedem Gesicht habe er sich gefragt, ist es bekannt oder unbekannt. Einen Menschen nach dem andern habe er sich ins Auge gefaßt. Am Dorfbrunnen seien die Betrunkenen versammelt gewesen. Auf dem Platz seien die schwarzgekleideten Witwen herumgestanden. Vor der Gaststätte »Zur alten Mühle« hätten sich die Handwerker befunden. Der Hufschmied sei dort gewesen und der Polsterer, der Schneider und der Drechsler. Auch Krämer seien dort gewesen. Der Stoffhändler, der Eisenwarenhändler, der Kohlehändler, der Papeterist, der Bäcker und der Schuhhändler. Alle habe er gekannt, alle seien sie ihm ein Begriff gewesen. Es seien Bekannte gewesen, auch wenn sie in der letzten Zeit nichts mehr hätten mit ihm zu schaffen haben wollen. Nur den Lumpensammler, den habe er noch nie zuvor im Dorf gesehen. Dieser Lumpensammler sei aus einer Seitengasse hervorgetreten. Er habe einen Zweiradkarren gestoßen, den er genau auf ihn zugesteuert habe. Ausgerechnet ihn, von all den auf dem Dorfplatz Versammelten, habe er sich ausgesucht. Er, Karrer, habe natürlich sofort gewußt, daß der Lumpensammler der verkleidete Richter war. Sein Körper sei klotzig, der Kopf massig gewesen. Und da habe er doch tatsächlich seinen Lumpensammler-Ruf erschallen lassen: Alte Lumpen! Ich sammle alte Lumpen! Alte Kleider! Ich sammle alte Kleider! So habe er gerufen. Er habe seine Rolle vollendet gespielt. Er habe mit unschuldigem Kinderblick geschaut und ihn, Karrer, für dumm verkauft. Ihm abgewandt, habe er mit dem feisten Gesicht über die Schulter zu ihm hochgeschaut. Doch er, Karrer, habe nicht lange gespielt und ihm geradewegs ins Gesicht gesagt, daß er ihn erkannt habe. Er sei der Richter. Doch der Lumpensammler habe keineswegs das Gesicht eines Überführten gemacht. Vielmehr habe er ihm listig zugeblinzelt, als könne er einen Spaß verstehen. Da habe er, Karrer, ihn angefahren. Was er denn glaube, für wie dumm er ihn halte, ob ihm denn keine bessere Verkleidung eingefallen sei. Das sei doch das Naheliegendste und zu erwarten gewesen, daß der Richter sich als Lumpensammler verkleiden würde. Er sei doch so hoch angesehen. Doch diese unoriginelle Verkleidung werde seinem Ruf noch schaden. Man müsse sich vorstellen, das ganze Dorf spreche mit großer Ehrfurcht vom Richter. Und da sei er in Wirklichkeit so erbärmlich. Doch der Lumpensammler sei weiterhin ruhig geblieben. Er, Karrer, habe in diesem Augenblick gesehen, daß der Lumpensammler dermaßen fett war, daß er beinahe platzte. Seine Nähte schienen auseinandergehen zu wollen. Da habe er vor Mitleid geschwiegen. Doch der Lumpensammler habe den Karren ergriffen und ihn in die nächste Gasse gestoßen. Von dort seien die Rufe wieder zu vernehmen gewesen. Mit dem Beobachten sei es zu Ende gewesen. Enttäuscht sei er nach Hause gegangen. Auf dem Heimweg habe er mit Geringschätzung über den Richter nachgedacht. Er sei den Mauerweg hinaufgestiegen und habe sich für die Armseligkeit des Richters geschämt. Er habe den Kopf geschüttelt. Gleichzeitig habe er aber doch mit Bewunderung sagen müssen, daß die Verkleidung ausgezeichnet gewesen sei. Und mit großem Erstaunen habe er sich gefragt, wie der Richter es wohl angestellt haben mochte, sich so gut zu verkleiden. Denn der Lumpensammler sei ja klein und dick gewesen, also klotzig. Der Richter jedoch, habe er sich da erinnert, sei groß und schlank und habe in seiner Uniform immer eine stattliche Figur gemacht. Zuhause habe er sich in die Ecke gesetzt und auf den Richter gewartet. Er habe Brot und Käse gegessen. Er habe sich gesagt, daß er sich vor dem Richter in acht nehmen müsse. So habe er gewartet, bis es dunkel geworden sei. Beim Klopfen sei er ganz ruhig zur Tür gegangen und habe dem Richter aufgemacht. Mit einer Aktenmappe in der Hand sei dieser mitten auf dem Hof gestanden. Er habe ihn hereingebeten und ihm einen Stuhl angeboten. Der Richter habe sich gesetzt, die Mappe geöffnet und Papiere hervorgesucht. Er habe ganz harmlos begonnen, doch er, Karrer, sei gleich auf das Wesentliche zu sprechen gekommen. In kurzen und klaren Sätzen habe er dem Richter seine Ansichten über die Fabrik dargelegt. Doch der Richter habe nicht hingehört und sei auf die Ausführungen nicht eingegangen. Es seien auf Neujahr gute Plätze zu besetzen! habe der Richter wie zu sich selber gesagt. Alles technisch! Alles vollautomatisch! Leichte Arbeit! Man müsse nichts machen! Nur die Maschine überwachen! habe der Richter gesagt. Er verstehe nichts von Technik! habe er, Karrer, gesagt. Im Sanitätszimmer werde jemand gebraucht! Leichte Arbeit! habe der Richter wieder gesagt. Er könne Blut nicht sehen! habe er darauf geantwortet. Er, A., sehe, daß er gute Gründe angegeben habe, weshalb er nicht in der Fabrik arbeiten könne. Er habe alles daran gesetzt, nicht den Anschein aufkommen zu lassen, daß er nur aus Faulheit nicht in der Fabrik arbeite. Gleichzeitig habe er alles versucht, den Richter nicht zu erzürnen. Er habe ihm also Einzelheiten über die Fabrik aufgezählt. Er habe von den Aufsichtspersonen berichtet. Er habe gesagt, daß ihn die weißen Hemden der Aufsichtspersonen stören würden. Jedermann trage Überkleidung, nur die Aufsichtspersonen würden im Sonntagsanzug zwischen den Maschinen herumschreiten. Es sei unglaublich, daß jemand dafür bezahlt werde, Arbeitende zu überwachen. Es sei eine Beleidigung für den Arbeiter, wie ein Kind kontrolliert zu werden. Den ganzen Tag würden die Aufsichtspersonen nichts tun und hätten noch die Frechheit, die Arbeiter zu schnellerer Arbeit anzuhalten. Ständig würden sie hinter den Arbeitern stehen und ihnen über die Schultern schauen. Keine Minute dürfe man den Arbeitsplatz verlassen. Binde man nur die Schuhe, so erfolge von hinten bereits die Frage: Herr Karrer, arbeiten Sie nicht? Sie seien immer auf der Suche nach Fehlern. Sie seien nieder-

trächtig und würden die Arbeiter einschüchtern. Ohne zu wollen, beginne man sich selber bei jeder Handlung zu fragen: Ist das erlaubt? Ist das richtig oder falsch? Dadurch werde man richtig nervös. Die Aufsichtspersonen würden nur stören. Sie seien überflüssig und würden alles daran setzen, dies nicht merken zu lassen. Sie hätten nichts zu tun und würden deshalb ständig kleine Befehle austeilen oder dumme Ratschläge. Seien keine Spulen mehr da und wolle man sich eben ins Lager begeben, erfolge bereits von hinten der Befehl: Holen Sie Spulen im Lager! Fortwährend müsse man Rechenschaft ablegen, warum man dieses mache oder warum man jenes eben gerade nicht mache. Seien die Aufsichtspersonen mit einer Rügeerteilung im Unrecht, so würden sie sich nicht entschuldigen. Wolle man in die Pause, so müsse man warten, bis sie gerade außer Sicht seien, um nicht gefragt zu werden: Wohin gehen Sie? Nicht einmal kämmen dürfe man sich am Arbeitsplatz. Man müsse in den Nebenraum, wo keine Aufsichtspersonen seien. Doch auch dort könne plötzlich eine Aufsichtsperson im Türrahmen auftauchen. Sofort müsse man wie ein ertappter Dieb den Kamm versorgen und an den Arbeitsplatz zurück. Ohne Aufsichtspersonen würde die Arbeit viel besser vonstatten gehen. Denn ständig müsse man gefaßt darauf sein, von hinten angerufen zu werden. Ja, in der Fabrik seien sie wie in einem Arbeitslager, sagte Karrer.
Doch er habe dem Richter auch von den Maschinen erzählt. Von ihrem ohrenbetäubenden Lärm. Daß der Maschinenlärm das Gehör schädige. Daß er bereits auf einem Ohr nicht mehr höre. Daß er glaube, es sei still in der Maschinenhalle, wenn er das andere Ohr zuhalte. Daß die Maschinen auch laufen würden, wenn keine Arbeit da sei. Daß sie hingegen abgestellt würden, wenn ein Faden reiße.

Daß dann der Arbeiter die Faden knüpfen müsse. Zuerst heiße es, die Maschinen würden die Arbeit machen, und dann reißen die Fäden, und der Arbeiter müsse die Arbeit der Maschine verrichten. Die Aufsichtspersonen würden erscheinen und den Arbeiter zu der betreffenden Maschine befehlen. Man sei ganz in seine Arbeit vertieft, da werde man gestört und zur mühseligen Arbeit des Fadenknüpfens geholt. Man liege weit über die Maschine gebeugt und knüpfe mit zitternden Händen die gerissenen Fäden. Dann ziele man mit der Häkelnadel durch das Lamellenöhr, fange den ersten Faden und führe ihn durch das Lamellenöhr zurück. Stundenlang verrichte man diese Arbeit, während die Aufsichtspersonen zuschauen würden. Nach getaner Arbeit schmerze der Rücken, doch da müsse man an die eigene Arbeit zurück. Anschließend habe er dem Richter von der Sinnlosigkeit der Arbeit erzählt, sagte Karrer. Man fülle den Wagen, und wenn er voll sei, stelle die Aufsichtsperson wieder einen leeren hin. Man sei immer gleich weit, über Jahre hinaus sehe man keine Leistung. Am sinnlosesten sei jedoch die Arbeit im Spulenlager. Und da komme jeder dran, es werde garantiert keiner ausgelassen. Ahnungslos komme man des Morgens an seine Maschine und wolle in Ruhe seine Arbeit verrichten. Doch da nahe schon das Unglück in Gestalt der Aufsichtsperson: Herr Karrer, Sie müssen ins Spulenlager, und zwar den ganzen Tag! Man werde gar nicht gefragt, sondern einfach dirigiert. Der ganze Tag sei verdorben. Ein Tag im Spulenlager sei so schlimm wie zwei Tage in der Maschinenhalle. Ein kleiner Textilspulen-Betrieb liefere ihnen die Kunststoffspulen. Der Besitzer dieses Betriebes habe die Fabrikationsmaschinen selber gebaut. Diese Maschinen seien Tag und Nacht in Betrieb, würden in einem fort grüne Spulen herstellen und sie ausspucken. Die Spulen würden in bereitgestellte Kisten fallen. Sei die Kiste voll, so müsse sie rasch durch eine leere ersetzt werden, damit die frische Spule hinunterfallen könne. Könne sie nicht sofort hinunterfallen, so klebe sie mit der noch weichen Spitze bereits mit der nächsten Spule zusammen. Sofort werde der Kunststoff hart und die Spulen würden auseinanderbrechen, wodurch an der Spitze eine harte Brechkruste zurückbleibe. Beim Aufeinanderschichten der vollen Spulen würden nun diese messerscharfen Krusten den Faden einer anderen Spule zerschneiden. In diesem Betrieb sei des Nachts kein Arbeiter anwesend, der das Ausspucken der Maschinen überwache. Gerade in der Nacht komme es jedoch immer wieder vor, daß irgend etwas nicht stimme und die Maschine in einem fort schlechte Spulen ausspucke. Der Kunststoff fließe nicht richtig oder die Spulen in der Kiste würden sich bereits turmhoch stapeln und das Ausspucken der neuen Spulen blockieren. Der Arbeiter im Spulenlager besitze nun eine handbetriebene Maschine, wo er die vollen Spulen zurückspulen, den Faden knüpfen und aufs Neue aufspulen müsse. Er suche also all die am Vortag aufgewickelten Spulen, deren Fäden gerissen seien, heraus und spule sie wieder auf. Man verrichte also zweimal die gleiche Arbeit. Schließlich habe er dem Richter noch von der schlechten Luft in der Fabrik erzählt, sagte Karrer. Der Baumwollstaub sei überall. Man atme ihn fortwährend ein. Zusätzlich setze er sich in den Kleidern und den Haaren fest. Dadurch trage man den Geruch nach Hause, so daß man nicht einmal am Feierabend aus der Fabrikatmosphäre herauskomme. Bei jedem Atemzug kratze der Staub im Hals. Diese Luft habe ihm vor allem zu schaffen gemacht. Manchmal sei er gezwungen gewesen, die Maschinenhalle zu verlassen. Er sei durch einen langen Korridor im Keller an das Ende der Fabrik gegangen. Dort habe er aus einer kleinen Tür zu den Fahrradständern gelangen können, wo er tief die frische Morgenluft eingeatmet habe. Wäre er erwischt worden, so hätte er gesagt, ihm sei schlecht, weil er am Abend zu spät ins Bett gegangen sei. Mit dem Hinweis, künftig zeitiger zu Bett zu gehen, würde man ihn in die Maschinenhalle zurückgeschickt haben.

Doch alle seine Ausführungen hätten den Richter nicht beeindruckt. Er hätte sagen können, daß er an der Luft in der Fabrik erstickt sei, es hätte den Richter kalt gelassen. Tatsächlich habe er gesagt, daß ihn der ganze Baumwollkult des Dorfes abstoße. Jedermann im Dorf diene der Textilindustrie, habe er gesagt. Es sei eine richtige Seuche. Die Arbeiter würden in der Fabrik den Tod finden, und neue Kinder würden für die Fabrik geboren. Das ganze Leben im Dorf drehe sich nur um die Baumwollindustrie. Überall würden Lagerhäuser mit unverarbeiteter Baumwolle stehen. Es sei ein Witz, das Ostviertel Lagerquartier zu nennen, denn die Lagerhäuser seien auch im Süden, im Westviertel, im Nordquartier und in der Mitte des Dorfes. Die Leute wüßten ja gar nicht, in wie vielen Gebäuden Baumwollballen gelagert würden. Es komme vor, daß ein Hausbewohner jahrelang nicht gewußt habe, daß im Nachbargebäude Baumwolle gelagert werde. Nicht überall würden schließlich die Ballen für jedermann sichtbar auf der Rampe stehen. Manche Gebäude seien über Jahre hinaus geschlossen. Es seien Vorratshäuser. Dabei müsse gar kein Vorrat gemacht werden, da es sowieso zuviel Baumwolle gebe. Bald jeden Tag komme ein Güterzug mit neuen Ballen an. Die Fabrik wisse kaum noch, wie sie abtransportieren und wo sie hinbringen. Die Landwirte müßten zu Hilfe gebeten werden. Mit Roß und Wagen sehe man sie am Bahnhof bereitstehen. Scheunen und Ställe der Landwirte würden in Baumwollager umgewandelt. Jedes leerstehende Gebäude werde von der Textilindustrie zu Lagerzwecken übernommen. Überall würden schlecht eingewickelte Baumwollballen gestapelt, die den beißenden Geruch über das Dorf verbreiten würden. Und doch würden immer noch mehr Güterzüge mit Baumwollballen das Tal heraufkommen. Die alten seien noch gar nicht verarbeitet, da würden bereits neue ankommen. Jeder Dorfbewohner werde damit konfrontiert und belästigt. Die Industrie zwinge ihre Interessen jedem Bürger als seinen Lebensinhalt auf. Jeder Arbeitsfähige im Dorf habe mit der Textilindustrie zu tun. Jeder Mann, der am Sonntag den Kanalweg entlangspaziere, sei ein Textilarbeiter. Das Schlimme sei, daß sie noch stolz darauf seien, in der Fabrik zu arbeiten. Nicht genug wichtig könnten sie sich benehmen. Die Alten seien stolz, wenn ihre Kinder in der Textilindustrie tätig seien. Stundenlang könnten sie zuhören, wenn der Sohn von der Fabrikarbeit erzähle. Hätten sie endlich ihre fünfzig Fabrikjahre hinter sich, so würden sie in den Erzählungen der Kinder gleichsam weiter in der Fabrik arbeiten. So stark seien sie bereits verseucht. Sie würden nicht daran denken, endlich zu sterben und die Wohnung freizugeben. Nein, die Textilindustrie sei tatsächlich zu dem ihnen suggerierten Paradies geworden, aus welchem sie nicht vertrieben werden wollten. Sie hätten nichts mehr zu tun und trotzdem noch einen abstoßenden Lebensdrang. Tatsächlich würden die Bewohner dieses Dorfes steinalt. Vielleicht sei der Grund der, daß sie noch gar nicht gelebt hätten, da sie ja immer in der Fabrik gewesen seien. So würden sie sich immerzu einreden, sie hätten noch etwas zu tun. Den ganzen Tag sehe man sie Fenster reinigen, obwohl sie gar nicht schmutzig seien. Die Frauen würden in den Wohnungen Staub wischen, obwohl es auf dem Land gar keinen Staub gebe. Er sei natürlich ihr aller Haßziel. Sie würden alles versuchen, um ihm sein Leben zu erschweren. Er werde von ihnen als Verräter angesehen. Absichtlich würden sie ihre Abfälle zu ihm hinauftragen und über die Brücke hinunterleeren. Mit solch verabscheuungswürdigen Menschen habe er zusammen im gleichen Raum arbeiten müssen. Wenn er an der Maschine gestanden sei, so habe sich hinter ihm der Nachbar Noack, links der Holzmann und rechts der Nyffenegger befunden. Zuhause oder in den Wirtsstuben habe es dann geheißen, der Karrer arbeitet so und so, macht das oder jenes anders. In diesem Glashaus habe sein Leben stattgefunden. Jeder Schritt sei beobachtet, überwacht, kontrolliert und geleitet worden. Die Textilarbeiter und ihre Angehörigen würden ihre Hirne der Fabrikleitung übergeben. Mit solchen Menschen zusammenzuleben sei unmöglich für ihn. Doch das Schlimmste sei, daß diese Menschen ihr Wesen noch an ihre Kinder vererben würden. Mit der Geburt werde den Kindern das Hassenswerte dieser Menschen weitergegeben. Bereits wie die Alten würden hier auch die Kinder mit gegen ihn gerichtetem Haß herumgehen. Tatsächlich würden hier bereits die Kinder alles haßerfüllt anstarren, was nicht zur Textilindustrie gehöre. Das sei nicht normal. Die Kinder seien schon alt, wenn sie geboren würden. Sie würden nicht spielen, sondern nur herumgehen und alles anstarren. Bereits hätten sie die Nase, den Mund oder die Augen ihres Erzeugers. Die alten, verbrauchten Augen der Mutter würden aus ihren jungen Gesichtern blicken und es dadurch entstellen. Es sei unangenehm, in einem fort von einer solchen Bastardfratze angestarrt zu werden. Er sei natürlich sowieso das Lieblingsobjekt der Kinder, da diese von den Müttern gegen ihn aufgehetzt würden. Die Mütter seien noch haßerfüllter und würden an keinem Menschen ein Haar lassen. Sie seien die Betrogenen und wüßten, daß er das wisse. Die Männer hätten

Freunde und Arbeitskollegen. Doch die Mütter hätten nur die Kinder. In ihrer Unzufriedenheit und ihrem grenzenlosen Unglück wüßten sie nichts Besseres, als noch und noch Kinder zu gebären, die dann in die Fabrik arbeiten gehen könnten. So vermehre sich diese Rasse und bringe jedes gesunde Leben zum Ersticken. All dies habe er dem Richter erzählt, sagte Karrer. Doch der Richter habe nichts verstanden. Er sei ja aus der Stadt gekommen, und um dies zu verstehen, müsse man in diesem Klima leben. Was wisse er von einem Baumwollindustrie-Dorf. Immerzu habe er, Karrer, durch den angewinkelten Arm des Richters gesehen, daß dieser ja nur mit der Füllfeder gezeichnet habe. Über alle Formulare habe der Richter lediglich große und kleine Kreise gemalt. Und dann habe der Richter auch noch begonnen, ihm Ratschläge zu geben. Er habe ihm Vorteile aufgezählt. Er habe von der 'Unmöglichkeit in einem Lagerhaus zu wohnen' gesprochen. Er habe von 'bald eine Wohnung bereitgestellt bekommen' gesprochen und die 'Befriedigung nach getaner Arbeit' erwähnt. Die Ausrede 'Selber auch manches Unangenehme machen müssen' habe er gebraucht. Er habe von 'Wohnkollegen finden' und 'Arbeitskollegen haben' gesprochen. Überhaupt habe er nur in kurzen Sätzen gesprochen. Also nur das Wichtigste einer Aussage ausgesprochen. Kennen Sie die Art Menschen, die in Telegrammsprache spricht? fragte Karrer. Er kenne diese Menschen und habe gewußt, daß man ihnen nichts entgegnen kann. Deshalb habe er nichts mehr gesagt und nur noch seinen Namen erwähnt. Dieses Geschlecht Karrer, das vom sanktgallischen Zuzwil stamme. Wissen Sie, was ein Karrer ist? Ein Fuhrmann! Ein freier Mensch mit einem sinnvollen Beruf! habe er zum Richter gesagt. Doch da habe er gesehen, daß der Richter die Formulare bereits gefaltet hatte und bereit zu gehen war. Rasch habe

er sich beim Richter noch nach der Strafe erkundigt. Ob sie tatsächlich stattfinde oder ob sie wegfalle? Und da habe der Richter sich versprochen oder wenigstens sich falsch ausgedrückt. Er habe nämlich das Wort ‘systematisch‘ gebraucht. Er habe also gesagt *die systematische Strafe*. Es gebe also doch eine systematische Bestrafung all jener, die sich gegen die Wirtschaftsdiktatur auflehnen würden. Der Richter habe alles daran gesetzt, seiner peinlichen Frage auszuweichen. Er habe von ‘Nur sehen wollen, welchen Eindruck der zu Besuchende macht‘ gesprochen. Als der Richter gegangen sei, habe draußen finstere Nacht geherrscht, sagte Karrer.
Die Luft war würzig im Wald. An einem kleinen Holzbrunnen tranken sie Wasser. Außerhalb des Waldes nahmen sie die Abkürzung über die Pferdeweide. Ein hochgestelltes Karrenrad diente als Zauntor. Damals sei doch dieser Sturm gewesen, begann Karrer wieder. Manch einer habe gefürchtet, sein Haus könnte umstürzen. Einen solchen Sturm im Herbst habe niemand erwartet. Er jedenfalls habe den Sturm vorausgesehen und sei am Abend noch ins Lagerviertel hinunter, um sein Rad zu sich nach Hause zu holen. Die Gaststätten seien geschlossen gewesen, weshalb alle Dorfbewohner auf dem Brunnenplatz herumgestanden seien. Doch er habe sich nicht aufhalten lassen und sei geradewegs ins Lagerviertel hinunter. Langsam habe er das Fahrrad darnach nach Hause geschoben. Am Brunnenplatz sei ihm aufgefallen, daß sich das Unwetter am fernen Horizont bereits abzuzeichnen begonnen habe. Die Mauer habe sich vor dem Hintergrund gespenstisch abgehoben. Er habe sich gesagt, daß in etwa zwei Stunden der Sturm losbrausen würde. Auf der Brücke sei er dann noch stehengeblieben, um in die Schutthalde hinabsehen zu können. Es sei in den letzten Tagen wiederum Kehricht ins Bachbett hinuntergeworfen

worden. Früher habe dort ein Bach gerauscht, doch die Dorfbewohner hätten in ihrer Kopflosigkeit aus dem Bach eine Schutthalde gemacht. Er habe sich also abgewendet, um die Schutthalde nicht sehen zu müssen. Gewohnheitsmäßig habe er hinüber zum Rabental geschaut und sich über dieses Bild, das sich ihm bot, nur noch wundern können. Zuvor habe er das nie gesehen, doch an diesem Abend seien alle Raben am Himmel geflogen. Er, A., wisse ja noch, was er zu Beginn des Gespräches über das Auffliegen der Raben gesagt habe. Zu Hunderten seien sie tatsächlich am Himmel gekreist, während weit hinter ihnen die schwarzen Wolken das kommende Unwetter angekündigt hätten. Ganz wild und außer sich seien die Raben gewesen. Er habe sogleich gewußt, wer durch das Rabental im Anmarsch gewesen sei. Kennen Sie die Art Menschen, die mit Steinen nach Raben wirft? Sie seien von hinten gekommen, denn solche Menschen würden nie den gleichen Weg wie die Dorfbewohner gehen. Doch sie hätten sich lange auf dem Hof aufstellen können. Sie hätten an diesem Abend vergebens auf ihn gewartet. Er sei aufs Rad gestiegen und sofort ins nächste Dorf gefahren.

Auf der Straße kam ein Appenzellerhund gerannt. Er kam von Neugrüt und stürzte sich gleich in freudiger Begrüßung auf Karrer. Der tätschelte dem Hund den Kopf, streichelte ihn und beruhigte ihn mit gleichmäßig ausgesprochenen Wörtern. Der Hund sprang vor ihm auf und ab und bellte immerzu. Dann rannte er voraus, sah zurück, wartete und trottete schließlich neben den beiden her. Von Zeit zu Zeit bellte er wieder, um auf sich aufmerksam zu machen. Karrer erklärte A., daß die Hunde in Neugrüt ein ruhiges Leben führen müßten, da nie jemand vorüberkomme. Wenn dann endlich einmal jemand komme, würden sie sich dermaßen freuen, daß sie sich kaum wieder beruhigen könnten. Beim geringsten Anlaß würden sie laut und ausgiebig bellen. Neugrüt sei eine der verlassensten Siedlungen der Umgebung. Es gebe nur zwei Familien, die hier wohnen würden. Doch auch diese würden alle paar Jahre wechseln. Niemand könne es hier auf die Länge aushalten. Es sei ein Schattenloch, für Akker und Feld sei es zu steil. Früher sei hier alles Wald gewesen. Irgendjemand habe dann jedoch gerodet und eine Siedlung errichtet. Der Name Neugrüt habe damals zugetroffen. Heute klinge er in Anbetracht der abbruchreifen Häuser wie ein Witz. Die Bewohner seien die ärmsten, die man sich denken könne. Einmal habe hier ein Knabe namens Kaspar gewohnt, der wie ein Kind des Teufels angemutet habe. Seine Haut sei beinahe schwarz gewesen. Die kurzgeschorenen Haare seien auch schwarz gewesen. Dann zwei schwarze große Augen und die Ohren mit schwarzem Schmutz gefüllt. Die dunklen Kleider hätten nur so um die magere Gestalt geschlottert. Dieser Kaspar habe noch einen gleich aussehenden Bruder gehabt. Im Nachbarhaus habe eine Familie mit dem adeligen Namen 'von Aarburg' gewohnt, nach der Burg, die sich hoch im Fels inmitten der Aare erhebe, benannt. Doch besessen habe die Familie gleichwohl nichts. Die Tochter habe Erika geheißen. Jeden Morgen in aller Frühe seien nun der Kaspar, sein Bruder und die Erika ins Dorf hinunter zur Schule gegangen. Die gleiche Wanderung, die nun er, Karrer, alle paar Tage unternehme, hätten diese Kinder wegen der Schule tagtäglich zweimal gemacht. Barfuß, angetan mit ärmlicher Kleidung, seien sie in völliger Dunkelheit durch den Wald ins Tal hinuntergestiegen. In der Schule hätten sie natürlich nichts gelernt. Sie seien nur hungrig gewesen und hätten sich in den Hallen der Schule, ausgelacht von den Mitschülern, fehl am Platz gefühlt. Von dem, was der Lehrer erzählt habe, hätten sie nichts begriffen. Außerhalb der Schulzeit seien sie verwahrlost in der Gegend herumgestrichen. Die Väter hätten derart hart arbeiten müssen, um etwas aus dem Boden holen zu können, daß sie froh gewesen seien, wenn sich die Kinder selber unterhalten hätten. Noch am Sonntag hätten sie nachmittags an die Arbeit gemußt. Die Kinder seien vor dem Haus in der Wiese gelegen und hätten mit den Kaninchen gespielt. Von einem Sonntag habe man kaum etwas gemerkt. Die Familie 'von Aarburg' sei auch bald ausgezogen, um irgendwo weiter talaufwärts erneut ein baufälliges Gehöft für weitere paar Jahre zu besiedeln. Was aus der Erika geworden sei, wisse er nicht. Er kenne nur den Lebenslauf Kaspars und auch er, A., müsse ihn kennen, doch selbstverständlich könne er seinen, Karrers, Vornamen nicht wissen.

Jahrmarkt

Der Herbstmarkt ging dem Ende zu. Der Dorfplatz begann sich zu leeren. Einige Besucher schauten den Arbeitern beim Abräumen zu. Die Böcke und Bretter wurden aufeinandergeschichtet. Nach und nach verschwanden die Besucher in den einzelnen Gassen. Von der Turmuhr schlug es Mitternacht. A. verließ das Dorf auf dem Fabrikweg. Die Fabrik lag einsam am Fluß. Der Mond beleuchtete den Uferweg. Stellenweise war der Weg von hohem Gebüsch umgeben. Wenn die Sträucher das Mondlicht abschirmten, ging A. langsamer. Die Brücke, die über den Fluß führte, hob sich schwarz vor dem Hintergrund ab. Hier war im Sommer ein Reiter bei hastigem Ritt mit dem Kopf an die Brückenpfeiler gekommen und tödlich getroffen vom Pferd geworfen worden. A. kletterte die Böschung hinauf und kam an die Landstraße. Er erreichte einen einsamen Hof, in dessen Garten hohe Sonnenblumen wuchsen. Mit den Gedanken noch ganz beim Jahrmarktstreiben, wandte sich A. kurz um und erblickte zu seiner Überraschung eine Gestalt unter der Brücke. Die Gestalt war daran, die Böschung hinaufzuklettern, wobei sie durch eine Last gehindert wurde. Der Mann schien die Absicht zu haben, ihn, A., einzuholen. Er beeilte sich außergewöhnlich, voranzukommen. Als er vom Mond beschienen wurde, erkannte A., daß die Last ein halbgefüllter Sack war. Er wartete nun, da er einem etwaigen Gespräch nicht abgeneigt war. Zu seiner Verwunderung erkannte er in dem Mann den Händler der landwirtschaftlichen Artikel, den er bereits auf dem Markt gesehen hatte. Er hatte den Eindruck, daß der Händler die Gegenstände, die er nicht losgeworden war, in seinem Sack nach Hause trug. Der Händler begrüßte nun A. und sagte, daß es spät geworden sei, weil er noch mit einem Kollegen über die Geschäfte diskutiert habe. Mitternacht sei längst vorüber, und er habe einen unendlich langen Nachhauseweg, wohne er doch an keinem entfernteren Ort als in Felsenbach. Er sei jedoch froh, einen Menschen getroffen zu haben, der ihm mit einem Gespräch den langen Weg verkürze. Felsenbach sei nicht immer sein Wohnort gewesen, wie er auch nicht immer Markthändler gewesen sei. Ja, – die langen Wege von den Marktdörfern nach Felsenbach seien das einzig Nachteilige an seinem Beruf.

Doch er sei mit dem Geschäft zufrieden und wolle deshalb nicht klagen. Als er noch Landwirt gewesen sei, habe er nicht halb so gut gelebt. Seit er Markthändler sei, gehe es ihm gut, ja er besitze sogar ein kleines Vermögen. Seine Arbeit bestehe einzig darin, alle Marktflecken aufzusuchen. Er könne das ganze Jahr mit seinen Artikeln handeln, denn irgendwo sei immer Markt. – Der Händler wechselte den Sack auf die andere Schulter. Dann erzählte er A., weshalb er mit der Landbewirtschaftung aufgehört habe. Er habe aufgehört, weil er zu viele schlechte Erinnerungen an die Kindheit auf dem Hofe habe, sagte er. Deshalb habe er eines Tages den Entschluß gefaßt, fortan nur noch Händler zu sein. Er habe damals natürlich nicht geglaubt, daß es so leicht gehen würde. Der Handel gehe jedoch wider Erwarten gut, obwohl er nur mit drei Gegenständen handle. Tatsächlich verkaufe er nur Pferdedecken, Kälberstricke und Pferdestriegel. Manch einen werde die Tatsache, daß ein Handel mit drei Gegenständen rentiere, verwundern. Daß dieses Geschäft sogar noch zu einem Vermögen führe, erstaune doppelt. Man habe versucht, sein Geheimnis zu ergründen. Seinen Konkurrenten gehe es nämlich sehr schlecht. Der Handel auf dem Markt bringe kaum noch etwas ein. Nur er habe mit so wenig so viel erreicht. Jeden Morgen verlasse er mit vollem Sack das Haus und trage ihn am Abend leer nach Hause. So habe er auch heute wieder alles verkauft, bis auf eine Pferdedecke, einen Kälberstrick und einen Pferdestriegel. Diese drei Gegenstände wolle er jedoch nicht nach Hause nehmen, sondern sie vielmehr ihm, A., schenken. Er sei nämlich außerordentlich froh, mit jemandem sprechen zu können. – Einsam stand ein halbverfallenes, zweistöckiges Haus am Straßenrand. Die Straße führte mehr und mehr von allen menschlichen Siedlungen fort. Sie kamen in eine verlassene, düstere Gegend. Alles war still. Der Fluß war zu weit entfernt, als daß sein Rauschen zu hören gewesen wäre. Nur die Stimme des Markthändlers klang durch die Nacht. Zugegeben, sagte er, daß sein Handel rentiere, klinge wie ein Rätsel. Er wolle jedoch die Lösung gern verraten. Sein Konkurrent handle ebenfalls mit Pferdedecken, Kälberstricken und Pferdestriegeln, zusätzlich aber noch mit Heugabeln, Melkstühlen, Hacken, Sicheln, Sensen usw. Trotzdem verdiene er damit kaum das Lebensnotwendige. Der Gummihändler handle mit Gummihüten, Gummischürzen und Gummistiefeln. Doch auch dieser mache damit kein Geschäft. Das habe er auch selber gemerkt und in der Folge einen Zweitstand eröffnet, wo er mit Stoffen, Decken und Seidentaschentüchern handle. Die Erklärung, weshalb alle Händler nichts verdienen würden, gebe er jedoch gern. Es sei nämlich wegen der Großeinkäufer, die ihrerseits bereits ein Geschäft mit den Kleinhändlern machen würden. Ja, alle Händler müßten für ihre Ware bezahlen, nur er nicht. Seine ganze Arbeit bestehe darin, die Gegenstände bei sich zu Hause zusammenzutragen. Er habe die Gegenstände allesamt im Großvaterhaus zusammengesucht. Dieses Haus sei ein großer Bauernhof im hintersten Winkel Tablats gewesen.

In diesem Hof hätten sich all seine Gegenstände hundertfach angesammelt. Man mache sich ja keinen Begriff, wieviel sich in einem dermaßen großen Hof ansammle. Der Hof habe auf einer kleinen Anhöhe am Waldrand gestanden. Es sei eine unheimliche Gegend. Besonders im Spätherbst sei die Rodung den ganzen Tag nicht aus einer Düsterkeit herausgekommen. Sein Vater sei Holzfäller gewesen. Mit den Knechten und den Pferden sei er den ganzen Tag in den riesigen Wäldern unterwegs gewesen. Sie hätten unzählige Pferde besessen und entsprechend so viele Pferdedecken. Die Pferde hätten die Baumstämme vom Steilhang ins Tal ziehen müssen. Im Winter, bei meterhohem Schnee, sei die Arbeit äußerst streng gewesen. Mehrere Pferde hätten schwitzend die Stämme gezogen. Haufenweise Decken hätten die Pferde bedeckt, um sie vor Krankheit zu schützen. Nach jedem Talgang hätten die Pferde ausgewechselt werden müssen. Die Arbeit sei zu streng für sie gewesen. Es habe damals außergewöhnlich kalte Wintermonate gegeben. Zwölf Pferde im Stall seien etwa, wenn er das meine, gar keine Seltenheit gewesen. Für jedes Pferd hätten Decken bereitliegen müssen. Drei Knechte hätten die Pferde gestriegelt. All die Dekken und Striegel müsse man mit all den Jahren multiplizieren, dann habe man die Anzahl Artikel, die er zusammengetragen habe. Demzufolge habe er nun erklärt, woher er die Pferdedecken und Pferdestriegel habe.
Nun wolle er noch erklären, woher er die Kälberstricke habe. Die habe er von niemand anderem als von seinem Großvater, der nämlich eine Strickmacherei besessen habe. Dort habe der Großvater in großer Zahl Stricke angefertigt, ohne daß diese jemals auf dem Hof benötigt worden seien. Es sei dies jedoch die Lieblingsbeschäftigung des Großvaters gewesen, und wer hätte ihm zu sagen gewagt, er solle besser auf dem Hof helfen. Niemand

habe sich ihm etwas zu verbieten getraut, und so sei der Großvater jeden Morgen aufgebrochen, um in sein Strickmacherhäuschen zu gehen. Die Vorderseite habe er wie einen Schießstand geöffnet. An mehreren Bahnen hätten die Schnüre gespannt werden und durch ein Drehen im Häuschen zu Stricken gewickelt werden können. Er sei auf die Hilfe von Spaziergängern angewiesen gewesen, die im Häuschen den Zahnradhebel betätigt hätten, während er das richtige Wickeln gewährleistet habe. Am Abend sei er mit den aufgerollten Stricken am Arm auf den Hof zurückgekehrt. Das Strickmacherhäuschen stehe noch heute, obwohl es vollkommen verwildert und überwachsen sei. Bei Benützung des Flußuferweges würden sie es sehen können. In einer Nacht, und sei es auch eine Vollmondnacht, sei jedoch das Begehen des Flußuferweges nicht ratsam. Er wolle ja auch nur sagen, daß die Strickmacherei, in welcher seine Kälberstricke hergestellt worden seien, noch heute stehe. Da der Vater und die Knechte im Wald, der Großvater im Strickmacherhäuschen gewesen seien, habe die viele Arbeit auf dem Hof von seiner Mutter und ihm erledigt werden müssen. Seiner Ansicht nach sei er für die strenge Arbeit auf dem Hof zu jung gewesen. Doch er habe nicht gewagt, etwas zu sagen. Er habe mit niemandem reden oder sich unterhalten können. Mit seiner Mutter habe er nicht gern gearbeitet. Sie sei derart stark gewesen, daß es ihm kaum möglich gewesen sei, ihr bei der Arbeit zu folgen. Ihre seltsamen Erziehungsmethoden habe er ebenfalls nicht gemocht. Daß er außerordentlich streng erzogen worden sei, müsse er wohl kaum betonen. Doch eine solch abgeschiedene Welt bringe zwangsläufig eine düstere Kindheit mit sich. Und wer wolle schon eine Mutter tadeln, die aus ihrem Kind mit allen Mitteln einen rechtschaffenen Menschen machen wolle.

Ihr Ziel sei gewesen, ihn ehrlich und anständig werden zu lassen. Dieses Ziel habe sie dadurch erreichen wollen, indem sie ihn ununterbrochen zu harter Arbeit angehalten habe. Ihr Lieblingssatz sei gewesen: Wer arbeitet, kommt nicht auf dumme Gedanken! Also habe sie ihm keine Sekunde Ruhe gegönnt, weil diese Zeit bereits genügt hätte, um auf falsche Gedanken zu kommen. Zuviel Kraft führt zu falschem Übermut! sei ihre Ansicht gewesen. Seine zu große Kraft habe sie mit allen Mitteln zu schwächen versucht. Fortwährend habe sie ihn angeschrien, um ihm nicht Zeit zu lassen, sich ihr zu widersetzen. Geschlagen sei er jedoch nur selten worden. Richtig gesagt könne er sich nur an eine einzige Prügelstrafe erinnern. Es sei damals gewesen, als die Mutter mit dem Pferdestriegel auf ihn losgegangen sei. Heute wisse er natürlich nicht mehr, was er damals falsch gemacht habe. Wahrscheinlich habe er beim Krautschneiden im Rübenkeller zuviel von der Rübe weggeworfen. Jedenfalls sei er ahnungslos nach getaner Arbeit hinüber in den Viehstall gegangen. Seine Mutter habe bereits versteckt hinter der Futterkrippe sein Kommen erwartet. Er habe sie tatsächlich nicht sehen können, sei plötzlich von hinten zu Boden gedrückt und mit dem Pferdestriegel bearbeitet worden. Die Schnitte im Fleisch hätten sofort zu schmerzen begonnen, doch die Mutter habe den Striegel noch etliche Male über seinen Körper gezogen. Er habe jedoch die Schmerzen zu verbeißen gewußt. Seine Mutter habe ihn äußerst streng zu bestrafen beabsichtigt und sei über seine Reaktion sichtlich enttäuscht gewesen. Sie habe wohl gemerkt, daß er nicht leicht zu bändigen sei. Insgeheim habe sie sich vielleicht vorgenommen, ihm in Zukunft mehr Arbeit zuzuteilen. Er selber habe den Vorfall bald vergessen und überhaupt alles in seiner Kindheit Vorgefallene überraschend gut überwunden. Heute sei er sogar der Ansicht, daß seine strenge Erziehung wesentlich zu seinem Talent im Handel beigetragen habe. Seine Härte im Handel habe er nicht zuletzt seiner Mutter und ihren Erziehungsmethoden zu verdanken. Doch er habe nicht beabsichtigt, von seiner Erziehung zu erzählen. Vielmehr habe er ihm einen typischen Tagesablauf schildern wollen.

Also, der Hof sei, wie gesagt, von Tablat und der Straße weit entfernt gewesen. Kein Mensch sei je zu ihnen herübergekommen. Sei jemand auf der Straße gegangen, so hätten sie ihn nur von weitem sehen können. Doch sei wirklich selten jemand in dieser Gegend auch nur in der Ferne vorübergegangen. Sie hätten weder Besucher gehabt noch Freunde gekannt. Sie hätten zurückgezogen gelebt. Die Arbeit habe ihr Leben ausgefüllt. Ihr Leben habe in aller Frühe begonnen. Er habe ein eigenes Bett besessen, welches im Elternschlafzimmer gestanden sei. Nebenan hätten die Knechte und im dritten Zimmer der Großvater geschlafen. Der Vater sei selbstverständlich der erste gewesen, der aufgestanden sei. Im halbdunklen Raum habe er sich anzuziehen begonnen. Er habe herumrumort, sei überall angestoßen und habe nicht selten mit dem Stuhl an den Kasten geschlagen. Dadurch sei er dann geweckt worden. Er habe den Vater auf dem Stuhl hinter dem Kasten sitzen sehen. Vom Bett aus habe er nur die Beine gesehen. Diesen Beinen entlang habe der Vater die Lodenhose hochgezogen. Dann habe er die schweren Nagelschuhe gebunden. Kurz hintereinander habe er die harten Ledergamaschen um die Beine gewickelt. Sei er fertig gewesen, so habe er mit der Faust dreimal gegen die Wand geschlagen. Damit habe er die Knechte geweckt. Endlich habe er die Tür aufgerissen, habe sie wieder zugeschlagen und sei die Treppe hinuntergepoltert. In der Nebenkammer hätten nun die Knechte herumzurumpeln begonnen. Sie hätten geflucht und auf den Boden gespuckt. Hätten die Knechte dann plötzlich ihre Tür aufgerissen, sei er im Bett erschrocken hochgefahren. Dann seien sie ebenfalls die Treppe hinuntergedonnert. In der Küche sei unterdessen schon der Kaffee heiß gewesen. Stehend hätten der Vater und die Knechte den Kaffee getrunken, dann hätten sie mit dem Rucksack das Haus verlassen. Unter seinem Kammerfenster hätten die Männer noch beraten. Dann seien sie zum Schuppen und hätten das Baumwerkzeug herausgeholt. Dann habe er die Schritte leiser werden gehört. In der Schlafkammer sei vorderhand Ruhe gewesen.

Doch keine halbe Stunde sei seit dem Weggehen des Vaters verstrichen, da habe auch schon die Mutter begonnen, sich zu drehen, zu seufzen und zu stöhnen. Manchmal habe sie vor sich hingesprochen. Dann habe sie sich nochmals umgedreht, sei dann aber aus dem gleichen Schwung plötzlich auf der Bettkante gesessen. So wendig sei sie gewesen. Es erstaune, aber seine Mutter sei höchstens einsfünfzig groß gewesen. Der Vater seinerseits sei wohl einsneunzig gewesen. Von seinem Bett aus habe er nur den Rücken der Mutter gesehen. Als erstes habe sie sich gebückt, die Bandagen um ihre festen Beine gebunden. Über die einbandagierten Beine habe sie die Strümpfe hochgezogen. Dann sei sie hinter die Bettstatt gestanden und habe sich vollends angezogen. Als letztes habe sie ihr Haar zu einem Knoten gebunden. Dann habe sie auch schon zu schreien begonnen: Aus dem Bett du Faulpelz! habe sie gerufen. An die Arbeit! Nicht schlafen! Gut für nichts bist du! Schnell, schnell! So habe sie ihn aus dem Bett und in die Küche hinunter getrieben. Dort hätten sie Gebäck gegessen, welches die Mutter kübelweise hergestellt habe, und dazu Kaffee getrunken. Dann sei es Zeit gewesen, in die Kälte hinaus zu gehen.

Die Arbeit habe gewartet. Zuerst hätten sie im Schuppen den Karren geholt und seien mit ihm zum Kartoffelacker hinaus. Dort hätten sie den Karren an den Ackerrand gestellt. Er habe bereits gesagt, daß die Mutter zwar klein aber außerordentlich stark gewesen sei. Sie sei ausdauernd gewesen. Tatsächlich habe er nur mit der größten Mühe in der Arbeit mithalten können. Gebückt hätten sie sich hintereinander vorwärts bewegt. Mit den Händen hätten sie im kalten Acker nach den Kartoffeln gesucht. Ohne aufzuschauen hätten sie immer drei, vier aufs Mal in den Karren geworfen. Vor dem Werfen hätten sie mit Daumen und Zeigefinger noch den gröbsten Dreck von der Kartoffel gerieben. Genau auf diese Weise sei das gegangen. Immer hätten sie zwei, drei Kartoffeln in Arbeit gehabt. Er sei immer einige Meter hinter der Mutter auf der Nebenfurche gegangen. Mit regelmäßigem Prasseln seien die Kartoffeln in den Karren geflogen.
Schon bald hätten ihm die Beine, der Rücken und die Hände geschmerzt. Doch er habe gewußt, daß es keine Rast geben werde, ehe nicht der Karren voll war. Ununterbrochen hätten sie sich also vorangeschoben. Beim Werfen habe er immer einen Blick ins Karreninnere zu erhaschen versucht. Bei solchem Unterfangen habe er sich aber auf keinen Fall von seiner Mutter erwischen lassen dürfen. Denn bei der kleinsten Atempause habe sie zu schreien begonnen und über ihn ein Donnerwetter losgelassen. Sie habe ihn zurechtgewiesen und vorwärts gedrängt. Sie habe ihn zu rascherer Arbeit angehalten. Fortwährend habe sie ihn mit den gleichen Sätzen angetrieben. Jeden Tag seien die gleichen Sätze auf ihn niedergeprasselt. All diese Sätze hätten sich ums gleiche, nämlich um seine Faulheit, gedreht. Nicht zu arbeiten, sei die größte Schande in der Familie gewesen. Er habe sich seiner Faulheit sehr geschämt. Aber er habe die Kraft nicht

besessen, noch bessere Arbeit zu leisten. So habe er sich immer dieselben Schimpfwörter anhören müssen. Immer wieder Nichtsnutz, Faulpelz, Arbeitfürchter. Dabei sei es nicht nur beim Aussprechen dieser Wörter geblieben. Nein, zu jedem Wort habe ihm die Mutter auch noch die genaue Bedeutung davon mitgeliefert. Also zum Beispiel: Du Nichtsnutz, der du zu nichts nütze bist! Oder: Du Arbeitfürchter, der du jede Arbeit fürchtest! Gegen acht Uhr sei der Karren voll gewesen, und sie hätten sich auf den Weg zum Hof gemacht. Um diese Zeit habe sich der Großvater langsam bereit gemacht, ins Strickmacherhäuschen zu gehen. Auf dem Rücken habe er seinen rotbraunen Tornister getragen. Er sei zur Landstraße hinüber geschritten, während die Mutter und er die Kartoffeln in den Keller gebracht hätten. Darnach habe er bereits neue Befehle erhalten. Zum Beispiel: Hinunter in den Rübenkeller! Oder: Hinein in den Hühnerstall! Wiederum habe sie ihm zum Befehl auch noch die Bedeutung des Satzes gesagt. Obwohl er sofort gewußt habe, was zu tun sei, habe sie ihm, wie einem Dummkopf, den Satz noch erklärt. Also: Hinauf auf den Heuboden! Heu für das Vieh bereitmachen! Willig sei er in den Stall, in den Heuboden hinauf und habe begonnen, mit der Gabel Heu hinunterzuwerfen.
Alte, baufällige Riegelhäuser standen am Wegrand. Der Fluß verlief wieder neben ihnen. Nun erzählte der Händler vom Abend. Hätten sich der Vater und die Knechte zum Nachtmahl niedergesetzt, habe es für ihn endlich Ruhe gegeben. Nach dem Nachtessen hätten sie alle die Stube aufgesucht. Die Erwachsenen hätten sich an den Tisch gesetzt, er selber sei unter die Eckbank gekrochen. Die Mutter habe Socken gestopft, der Vater die Buchhaltung gemacht oder Rechnungen geschrieben. Die Knechte hätten geraucht oder Wein getrunken, der Groß-

vater habe an seiner Krummpfeife gesogen. Sie hätten einen Hund namens Zibo besessen, dessen Platz unter der Eckbank gewesen sei. Der sei auch sofort nachgekrochen gekommen, wenn er dort gelegen sei. Der Hund sei eifersüchtig gewesen, wenn ein anderer an seinem Platz gelegen sei. Doch er habe bestimmt ebenso viele Stunden wie der Hund unter der Eckbank verbracht. Diese Zeit sei die schönste seiner Kindheit gewesen. Er habe den Geruch der vertrockneten Erde unter der Eckbank geliebt. Es sei der Geruch seiner Welt gewesen. Richtiggehend gewälzt habe er sich in diesem Schmutz, um seine Welt auskosten zu können. Neben ihm habe der Hund mit heraushängender Zunge geschnauft. Ein Knecht habe ein Glas Rafzer vor sich gehabt. Ein anderer habe mit einem Armeetaschenmesser seine Nägel gereinigt. Ein dritter habe sein Taschentuch auseinandergebreitet, hineingeschneuzt, wieder sorgsam zusammengefaltet und in die Gesäßtasche seiner Hose versorgt. Ein vierter Knecht habe den Nagel seines kleinen Fingers zwei Zentimeter lang getragen. Sein Gesicht sei hager gewesen, der schwarze Mantel an der Korridortür habe ihm gehört. Der Vater habe einen grünen Lodenmantel besessen. Die Mutter habe ein Gesicht wie eine geschrumpfte Kartoffel gehabt. Doch von der Eckbank habe er diese Gesichter nicht gesehen. Wenn er sich erinnern wolle, wie die Eltern eigentlich ausgesehen hatten, könne er das kaum. Nie habe er ihnen ins Gesicht geschaut. Er sehe höchstens den Vater von hinten, wie er in seinem Mantel, die Axt auf der Schulter, durch den Schnee stapfe.

Hauptsächlich habe er sich die Beine unter dem Stubentisch eingeprägt. Die Einbandagierten der Mutter und die Lodenbehosten des Vaters. Die Knechte seien mit Dreck an den Stiefeln über den Boden geschlurft. So sei der Tag zur Neige gegangen. Der Abend habe ihm gehört. Unter der Eckbank sei er vor jedem Befehl sicher gewesen. Habe ihn die Mutter nicht gesehen, so habe sie ihn nicht angeschrien. – Sobald er sich selber habe ernähren können, habe er das Elternhaus verlassen. Interessanterweise wohne er jetzt aber in Felsenbach, also einem Ort, der für seine Roheit berüchtigt sei. Viele Jugendliche würden kriminell. Ehemalige Bewohner von Felsenbach würden heute im Zuchthaus sitzen. Doch in dieser Umgebung fühle er sich wohl. Unbewußt habe er einen Wohnort ausgesucht, der ihn an seine Kindheit erinnere. – Eine Weile schritten der Händler und A. schweigend nebeneinander her. Dann sagte A., daß er nicht glaube, daß eine harte Erziehung die beste Grundlage für das spätere Leben sei. Vielmehr sei er der Ansicht, daß ständiges Anschreien und Schläge den Verstand eines Kindes austreiben würden. Oft seien stille Kinder nicht richtig gesund. Denn ein Kind sei frech, laut und dafür gesund oder aber folgsam, still und dafür schwachsinnig. Seines Erachtens sei es falsch, einem Kind eine Welt zu bieten, in welcher es sich nicht auskenne, nicht wohlfühle und sich nicht verstanden fühle. Das Kind baue sich dann nämlich eine eigene Welt, in welche es flüchte und sich selber Personen vorstelle, mit denen es dann zu sprechen beginne. Der Geist kenne sich aber bald nicht mehr aus, könne nicht mehr zwischen Wirklichkeit und Traumwelt unterscheiden, wodurch sich das Ich des Kindes spalte. Oft glaube man, ein Mensch sei anständig, merke aber beim zweiten Hinsehen, daß er ein zweites, gemeines Wesen habe. So komme es vor, daß sogar Eltern, wenn ein Sohn nach vielen Jahren zurückkehre, nicht merkten, daß er in der Zwischenzeit irrsinnig geworden war. – Der Händler erwiderte nichts, lächelte nur still und siegessicher vor sich hin. Demzufolge ergriff A. erneut das Wort und legte seine Ansicht über den Beruf des Händlers dar.

Was das Handeln auf dem Markt betreffe, sagte er, so betrachte er es als falsch, wenn man den Leuten gebrauchte Gegenstände verkaufe. Die Leute würden mit gutem Geld bezahlen und hätten ein Recht auf gute Qualität der Ware. Jeder Händler habe sich an dieses oberste Gebot zu halten. Ihm persönlich wäre es nicht möglich, ruhig zu schlafen, wenn er wisse, daß er den Leuten schlechte Ware verkauft habe. Alle Händler, ob es nun der Süßigkeitenhändler, der Spielwarenhändler oder der Schuhhändler sei, würden kein Vermögen machen, weil sie sich an die erste Regel in ihrem Stande halten würden. Es falle ihm äußerst schwer, einen Händler, der betrüge, zu achten. Außerdem sei es schmerzhaft für ihn, mit ansehen zu müssen, wie leicht gewisse Leute ihr Geld verdienen würden. Er selber müsse nämlich für jeden Franken sehr hart arbeiten. Er wohne in Kohlwies und arbeite in der Kohltobel-Sägerei. Er wohne im Dachstock des Sägerei-Wohnhauses. Er besitze nur ein Zimmer, welches ihm als Küche, Waschraum, Schlafzimmer und Stube in einem dienen müsse. In der Freizeit spaziere er ins Tal hinunter, sitze in einem Wirtshaus oder lese im Zimmer. Jeden Morgen steige er als erster die Treppen hinunter und gehe in die Werkstatt. Dort setze er die Fräsen, Kleinsägen, das Schleifband und die Bandsäge in Betrieb. Dann gehe er in die Sägehalle und lasse die Baumsäge an. Um diese Zeit würden der Sägermeister mit den Söhnen herüberkommen. Gemeinsam mit ihnen arbeite er bis zum Abend, wobei fortwährend Motorenlärm herrsche und Sägespäne herumfliegen würden. – A. sagte nichts mehr. Das selbstsichere Lächeln im Gesicht des Händlers erschreckte ihn. Sie verließen die Straße, überquerten eine Wiese und traten in den Wald hinein. Der Weg führte über ein Eisenbrücklein. In der Nähe des Waldrandes rauschte der Fluß. Sie bogen um eine Felsnase und standen der schwarzen, hausgroßen Höhle gegenüber. Der Boden führte im Innern ziemlich steil abwärts. Der Schotter war naß. Die Stimme des Händlers tönte hohl, als er sagte, nun sei der Zeitpunkt für die Übergabe der Geschenke gekommen. Bevor er ihm die Gegenstände gebe, müsse er sie jedoch auf ihre Qualität hin prüfen. Er breitete die Decke aus und legte sie auf den nassen Schotterboden. A. legte sich flach darauf und spürte weder die Nässe noch die spitzen Steine. Der Händler band ihm nun die Hände und Beine mit dem Kälberstrick und fragte, ob er ihn zerreißen könne. Er sah, daß es A. nicht gelang, und sagte, die Qualität der Stricke sei unbestreitbar gut. Hierauf holte er den Pferdestriegel aus dem Sack und sagte: Das Blech ist gut und bricht nicht ab und eignet sich vor allem zum Striegeln von Menschen. Er fuhr mit dem Striegel über A.'s Körper, schürfte ihm die Kleider auf und zerschnitt ihm das Fleisch. Dann warf er sich zufrieden den leeren Sack über die Schulter und verließ die Höhle.

A. dachte, daß der Strick zwar gut sei, der Händler jedoch nichts von Knoten verstehe. Er kam zu dem Entschluß, daß es das beste war, sofort nach Kohlwies zu gehen und sich Salbe auf die Wunden zu streichen. Er war sich jedoch völlig bewußt darüber, daß er in den nächsten Tagen nicht würde zur Arbeit in der Sägerei erscheinen können.

Der Stuhl in der Kanzlei

Lützelschwab war das lange Tal hinuntergefahren, um in der Kanzlei vorzusprechen. Doch der Beamte hatte gesagt, daß es heute nicht gehe, da er die Sache auch zuerst vorbereiten müsse. Er hatte Lützelschwab empfohlen, Ende der Woche nochmals vorbeizukommen.
Am Freitag fuhr er wieder in die Stadt und wartete im Schalterraum vor der Amtsstube. Ein alter Schreiber hatte ihn auf zwölf Uhr vertröstet. Lützelschwab hörte den Beamten in der Kanzlei herumrumoren. Einmal betrat der Beamte plötzlich den Schalterraum und ging direkt auf Lützelschwab zu, jedoch nur, um an ihm vorbeizugehen. Dabei sagte er Lützelschwab, der aufgestanden war, er werde gleich kommen, es gehe nicht mehr lang. Schließlich wurde ihm gesagt, er solle am Abend wiederkommen.
Am Abend ließ ihn der Beamte in die Kanzlei bitten. Er bot Lützelschwab einen Stuhl an. Lützelschwab setzte sich, war aber mit seinen Gedanken ganz woanders. Er ließ den Beamten reden, und selber sah er zum Fenster hinaus. Der Beamte blätterte mit großer Ausdauer in der Kartothek und suchte die richtige Karte. Lützelschwab lag mehr als er saß in seinem Stuhl, das Geraschel des Beamten schläferte ihn ein. Er dachte daran, daß es hieß ›Lachen ist gesund‹ und daß er dies nicht beweisen konnte. Es schien ihm jedoch klar zu sein, daß Weinen gesund war. Verdrängtes war plötzlich wieder in seinem Kopf. Da war einer, der war erblindet, als er von oben durch das Glas eines Petroleumlämpchens geschaut hatte, um sehen zu können, wie hoch der Docht stand. Die Tiere im Zoo erhielten am Vormittag jeweils Fruchtsalat, was nicht jeder von sich sagen konnte. Am Nachmittag

erhielten sie frisches, zartes Gras, worum manch einer froh wäre. Nicht jeder empfand es als Glück, in einer Fabrik arbeiten zu dürfen. Bei Beobachtung eines Hamsters, der fortwährend im Kreis herumrennt und die gleichen Bewegungen macht, kann der Gedanke kommen, das Tier habe zu lange am Fließband gearbeitet. In der Fabrik hatte jedermann immerzu die gleiche Bewegung zu machen und trug eine Nummer anstelle des Namens. Lützelschwab dachte, daß er, vor dieselbe Wahl gestellt, sich für die Nummer 469 entscheiden würde, da diese noch am ehesten seinen Charakter wiedergab. Das sei seine offizielle Erklärung, dachte er. Er könne nichts dafür, daß er hier sei. Es sei nur, daß das Pech, das ihn Zeit seines Lebens begleite, nur durch die Geburt in diesem Land erklärbar sei. Sie würden alles daran setzen, um aus ihm einen Verbrecher zu machen, und eines Tages werde es ihnen gelingen.
Also! sagte plötzlich der Beamte, da wäre also schon einmal soviel erledigt! Lützelschwab schrak auf und sah, daß der Beamte bereits wieder in sein Suchen in der Karthothek verfallen war. Da der Beamte wieder mit seinen Blättern beschäftigt war, verfiel Lützelschwab neuerdings in sein Sinnieren. Er erinnerte sich des Gesetzlosen, mit welchem er auf Arbeitssuche gewesen war. Frierend hatten sie, auf der Hardbrücke stehend, Tag für Tag gewartet. Um acht Uhr war jeden Tag eine Mißgeburt auf einem Damenfahrrad vorübergefahren. Sie war nur einen Meter groß gewesen und hatte sich unter den Sattel drükken müssen, um die Pedale treten zu können. Man hätte ihr einen Stock in die Speichen des Vorderrades stecken müssen, damit sie stürzte. Vom Gehsteig her hätte man gemütlich beobachten können, ob sie sich zu helfen wüßte, und vor allem, wie sie das anstellte. Ein grüner Volkswagen war eines Tages plötzlich vorgefahren, und

die Polizisten hatten den Gesetzlosen mitgenommen, als er herantrat und sich nach Arbeit erkundigte. Er hatte dummerweise das Auto der Zivilpolizei nicht gekannt und nicht gewußt, daß Grün die Farbe des Vertrauens ist. Der Beamte redete nun wieder vor sich hin. Draußen wurde es immer stiller und dunkler. Lützelschwab betrachtete sich die Bilder an den Wänden. Es waren Tier- und Blumenbilder. Er besah sich die Gegenstände auf dem Schreibpult. Es waren Schreibwaren und Fließwalzen. Der Beamte schaute ihn fragend an. Er hatte wohl den Eindruck, Lützelschwab höre nicht richtig zu. Die Antworten schienen ihm nicht bei vollem Bewußtsein gegeben. Die Pupillen veränderten sich anscheinend nicht im Kanzleilicht. Der Beamte wiederholte seine Fragen. Wenn Lützelschwab mit Ja! antwortete, fragte der Beamte: Ja? Ist dies sicher? oder er sagte: Wirklich? oder: Tatsächlich? Er glaubte, Lützelschwab sei mit den Gedanken ganz woanders. Die Zeit näherte sich Mitternacht. Lützelschwab saß immer noch in diesem Kanzleistuhl, in dem sich erstaunlich angenehm sitzen ließ. Er fühlte sich in der Amtsstube geborgen. Die Ordnung, die herrschte, drückte Ruhe, Sicherheit und Frieden aus. Und Lützelschwab wünschte sich seit langem Geborgenheit. Sicher war dies ein besseres Leben, hier in der Kanzlei zu sitzen, als ständig auf Arbeitssuche, in einem fort vom Tal zur Stadt und zurück zu hetzen. Es fror ihn, wenn er an die Kälte draußen dachte, die ihn schon bald wieder empfangen würde. Bei solchen Gedanken kuschelte er sich noch tiefer in den Stuhl. Für wen halten sich eigentlich diese hassenswerten Blinden? fragte er sich. Die strecken den weißen Stock in die Luft und glauben, die ganze Welt müsse nach ihm tanzen. Wer gibt ihnen das Recht, ihre Blindenhunde zu schlagen?
Der Beamte begann sich nun ernsthaft Sorgen um Lützel-

schwab zu machen, der zurückgesunken in seinem Stuhl saß und die Hände in den Jackentaschen krampfhaft an den Körper preßte. Er erschien dem Beamten gedankenverloren. Plötzlich hatte Lützelschwab den Eindruck, als habe sich sein Stuhl in Bewegung gesetzt und rolle durch die Kanzlei. Als er erschrocken aufsah, wich die feste Wand neben ihm tatsächlich ein, zwei Sekunden richtiggehend zurück. Doch er war zu erschöpft von allem, als daß ihn diese Entdeckung hätte beeindrucken können. Sogleich gab er sich wieder seinen Gedanken hin und verfiel in einen Dämmerzustand. Später sagte der Beamte plötzlich: So, das wäre fast alles. Den Rest werde ich Ihnen schriftlich mitteilen! Lützelschwab erhob sich, ging auf den Beamten zu und gab acht, daß er dabei nichts umwarf. Noch immer berauscht von seinen Träumereien, bemühte er sich, die Hand mit ungespreizten Fingern dem Beamten zum Händeschütteln entgegenzureichen. Dann wandte er sich um und sah deutlich die Türöffnung in der Wand vor sich. Zu seiner Blamage prallte er jedoch, vor den Augen des Beamten, mit voller Wucht gegen die Wand. Irgendwie hatte er wohl doch die Türöffnung näherstehend in Erinnerung gehabt. Er dachte daran, daß Kleinkinder, beim Versuch, eine angelehnte Tür zu öffnen, manchmal vor Ungeschicklichkeit stolperten, mit dem Körpergewicht gegen die Tür plumpsten und sich dabei die Finger einklemmten. Mit einem Lächeln der Befriedigung im Gesicht, verließ Lützelschwab die Kanzlei.

Draußen war es stockdunkel und kalt. Er wußte, daß sein Zug erst in drei Stunden fuhr, er aber um diese Zeit bereits zu Hause sein könnte, wenn er den Güterzug benützen würde. Er stand auf der Brücke, schaute zu den Geleisen hinab und wußte, daß dort bald der Güterzug erscheinen würde. Er hatte schon beobachtet, wie sein Zug, wegen eines Signals, einige Minuten unbeweglich unter der Brücke stillgestanden war. Lützelschwab fand eine Zeitung, faltete sie zusammen und steckte sie in die Innentasche seiner Jacke. Er wußte nicht, ob er auf den Güterzug aufspringen oder ob er drei Stunden warten und dann bequem im Personenzug das Tal hinauffahren wollte. Er war sich bewußt, daß der Güterzug rangieren und einzelne Waggons abhängen würde. Es bestand also die Gefahr, in einem abgehängten Güterwagen irgendwo auf halber Strecke stehengelassen zu werden. Doch es empfahl sich sowieso nicht, einen Viehwagen oder einen Güterwagen zu benützen. Den Postwagen würden sie bestimmt nicht abhängen und stehen lassen. Doch als nun der Zug tatsächlich erschien und genau unter der Brücke hielt, stellte Lützelschwab fest, daß er zwei Postwagen besaß. Hoch in den elektrischen Leitungen leuchtete eine Uhr, und Lützelschwab wußte, daß er fünf Minuten Zeit zum Überlegen hatte. Er kam zu dem Schluß, daß der Zug geteilt, der hintere Teil eine eigene Lokomotive bekommen und in eine Seitenrichtung gezogen werden würde. Er mußte also den Postwagen der vorderen Hälfte benützen. Nochmals überlegte er, ob er die Strapazen einer solchen Fahrt und das Risiko der Entdeckung durch die Rangierer auf sich nehmen wolle. Da sich aber der Zug in diesem Augenblick in Bewegung zu setzen begann, kletterte Lützelschwab rasch über die Brückenmauer, ließ sich an den ausgestreckten Armen hinunterhängen und ließ den Griff los. Er fiel auf das Dach eines Güterwagens und legte sich sofort flach hin. Er sah über die Dächer hinweg und erkannte im längsten das mit Fensterchen versehene Dach des Postwagens. Am hinteren Teil des Postwagens existierte jedoch kein Durchsteigeraum. Lützelschwab sprang bis zu einem Viehwagen, der Griffe und Stangen besaß, wo er sich bequem hinunterhangeln konnte. Dann kletterte er über die Puffer zum Postwagen zurück. Er schob sich um die Ecke, hielt sich an der Türfalle fest, öffnete die Tür und stieg in den Vorraum hinein. Er schloß die Tür, legte die Zeitung auf den Boden und setzte sich darauf. Der Zug beschleunigte seine Fahrt und fuhr ohne anzuhalten durch einen erleuchteten Bahnhof. Lützelschwab staunte über die Geschwindigkeit des Zuges, der wiederum ohne anzuhalten eine Station passierte. Die Enge im Raum machte Lützelschwab, der mit angezogenen Beinen auf dem Boden saß, schon bald zu schaffen. Da er in den Bahnhöfen unmöglich würde stehen können, erhob er sich jetzt und sah durch die Fensterchen in die dunkle Landschaft hinaus. Der Zug war bereits durch fünf Stationen gefahren, ohne daß er angehalten hätte. Da Lützelschwab nicht voraussah, wann ein Bahnhof kam, stellte er sich seitwärts, um sich notfalls sofort ducken zu können. Er dachte daran, daß nur drei Meter neben ihm der Postbeamte im Büro stand und Briefe und Zeitungen in die Fächer einsortierte. Die Fahrt dauerte etwa zwanzig Minuten, als der Zug plötzlich abbremste und anhielt. Lützelschwab sah direkt in das Büro des Bahnhofvorstandes und duckte sich sofort. Er wartete nun darauf, daß rangiert würde, doch zu seiner Verwunderung geschah nichts. Die Zeit verging, der Zug blieb immerzu still und unbeweglich stehen. Als er sich bereits fragte, welchen Sinn dieses Warten hatte, kam ihm der Gedanke, daß unterdessen der hintere Teil des Zuges abgehängt würde. Eine Lokomotive würde die Wagenkolonne zurückziehen und dann auf ein Nebengleis bringen. Die Rangierer würden mit der Laterne Zeichen zum Lokomotivführer geben. Der Zugbegleiter mit den zwei Streifen an der Mütze würde das Kuppeln der Wagen beaufsichtigen. Der Lokomotivführer würde gelangweilt in der engen Kabine sitzen und auf das Abfahrtszeichen warten. In diesem Augenblick fuhr eine Lokomotive vorüber, es war wohl jene, die den hinteren Zugteil in eine Seitenrichtung ziehen mußte. Lützelschwab hörte Stimmen und Schritte im Schotter. Einer der Rangierer ging genau an seiner Türe vorbei. Lützelschwab hoffte, daß der Rangierer nicht auf die Idee kam, bis zur nächsten Station auf seinem Trittbrett zu fahren. Doch mußte er sich sagen, daß der Rangierer wohl kaum freiwillig außerhalb des geheizten Beamtenwagens fahren werde. Lützelschwab wunderte sich, daß der Zug, obwohl alle Arbeit längst getan sein mußte, noch immer nicht abfuhr. Er erhob sich leicht und sah an einer Uhr, daß sie seit zwanzig Minuten im Bahnhof standen. Doch jetzt ruckte es, der Zug fuhr an und kam in kürzester Zeit auf Geschwindigkeit. Plötzlich bremste er jedoch abrupt ab und begann langsam wieder zurückzufahren. Ohnmächtig sah sich Lützelschwab in die eben verlassene Bahnhofshalle zurückkommen und konnte sich keinen Reim darauf machen. Doch dann mußte er sich sagen, daß der Zug beim Rückwärtsfahren in ein anderes Geleise eingefahren war, wo eine Reihe Güterwagen stand, welche mitgenommen werden mußte. Die Zugskomposition war danach also wieder gleich lang wie zuvor oder gar noch länger. Und als nun Lützelschwab nochmals die Zeit an der Uhr ablesen konnte, wurde ihm plötzlich bewußt, daß er in diesem längsten Nachtgüterzug saß, von welchem die Leute des Tales soviel redeten. Es hieß, daß der Zug jeden Schläfer wecke, da er so lange brauche, bis er an den Häusern vorüber sei. Es sei unmöglich, seine Wagen zu zählen, hörte man sagen. Eine Zeitlang war auch Lützelschwab jede Nacht geweckt worden, damals als er noch ein Zimmer in einem Haus nahe der Bahntrassee bewohnt hatte. Er war damals oft an das Fenster gegangen und hatte in die Ebene hinausgeschaut.

Auf dem Bahndamm war geisterhaft wie eine Schlange der Güterzug gerollt. Bei der Zahl Dreißig hatte er zu zählen aufgehört, weil ihn die Augen vor Konzentration geschmerzt hatten. Einmal war er in der Nacht plötzlich hellwach geworden, weil er in der menschenleeren Ebene ganz klar Stimmen vernommen hatte. Obwohl die Stimmen, die wie Kommandos von Verstorbenen geklungen hatten, ganz nah gewesen waren, hatte er niemanden sehen können. In der Höhe der Leitungen waren jedoch Lichtlein zu sehen gewesen, so daß er gemerkt hatte, daß dort Schienenarbeiter auf einem Kranwagen saßen. Die Stimmen waren wegen des Windes zu den Häusern getragen worden.

Jetzt fuhr der Zug, in welchem Lützelschwab saß, endlich ab. Er hatte bereits ein Kitzeln in den Beinen verspürt und war froh, aufstehen zu können. Seine Beine, aus welchen das Blut gewichen war, begannen zu schmerzen. Er sah in die Nacht hinaus und erkannte den breiten Talfluß. An der anderen Uferseite sah er die Lichter der Dörfer, deren Namen er gut kannte. Der Zug fuhr jetzt hoch über dem Fluß und in einen kleinen Bahnhof ein. Sofort setzte sich Lützelschwab wieder auf die Zeitung. Er hörte den Beamten mit schweren Schritten durch den Postwagen eilen, die Tür zurückstoßen und die Sicherheitsstange in die Höhe werfen. Draußen stand bereits der Postbeamte des Ortes mit einem oder zwei Karren bereit. Im Schotter waren nun die Schritte der Bahnbeamten zu hören. Die zweite Tür des Postwagens wurde von ihnen von außen geöffnet. Die Postbeamten luden an der einen Tür Pakete aus, die Bahnbeamten an der anderen Säcke. Die Postsäcke schienen gelbe, weiße und grüne Flaggen am Verschluß zu haben, wie aus den entsprechenden Rufen zu erkennen war. Große Vorsicht wurde auf die Schloßsäcke mit roten Flaggen gelegt, welche wohl Einschreibebriefe enthielten. Später verabschiedeten sich die Männer, der Beamte im Postwagen knallte die Stange hinunter und schlug die Tür zu. Kurze Zeit war das quietschende Geräusch der vorgezogenen Karren mit der Post zu hören, dann fuhr der Zug an. Lützelschwab erhob sich wieder und schaute zum Fluß hinüber, von welchem sie sich immer mehr entfernten. Wiederum hielt der Zug an, und Lützelschwab setzte sich hin. In diesem Bahnhof wurde nichts ausgeladen, und es schien auch nicht rangiert zu werden. Lützelschwab dachte an den Zugführer, der in der engen Kabine warten mußte. Der Zug fuhr dann doch einige Male hin und zurück. Dabei sah Lützelschwab an einer Uhr, daß bereits vier Uhr vorüber war. Er hörte Schritte im Schotter und wartete darauf, daß seine Tür aufgerissen und er zu seiner Schande entdeckt würde. Lange bewegte sich der Zug nicht, was für Lützelschwab nervenaufreibend war. Immerhin konnte er sich sagen, daß er die Hälfte der Strecke hinter sich gebracht hatte, ohne daß etwas geschehen war. Um die Wartezeit herumzubringen, dachte er an etwas anderes. Dann las er ein bißchen in der Zeitung, obwohl es dazu eher zu dunkel war. Als er nach einiger Zeit der Gedankenabwesenheit aufsah, merkte er am Dach der Bahnhofshalle, daß sie immer noch am gleichen Ort waren. Er fragte sich, welchen Grund dieses Warten haben mochte. Da erinnerte er sich des Tunnels, welcher sich vor ihnen befand, und er mußte sich sagen, daß der Zugführer auf die Freigabe der Strecke wartete. Nach einiger Zeit war tatsächlich das Geräusch eines herannahenden Zuges zu hören. Doch auch nachdem dieser Güterzug vorüber war, blieben sie weiterhin stehen. Wieder verging eine lange Zeit, und Lützelschwab begann leicht zu frieren. Dann kam ihnen ein zweiter Zug entgegen, und als dieser vorüber war, fuhren sie endlich los und durch den

Tunnel, der sehr lang war, und kamen in eine Siedlung, die nur aus einem Bahnhof, einem Wohnhaus und einem Elektrizitätswerk bestand. Die Station lag völlig einsam zwischen zwei Hügelketten. Der Zug hielt an, und Lützelschwab mußte sich hinsetzen. Er dachte an die Familie des Bahnhofsvorstandes, die in dieser Einsamkeit ihr Leben verbringen mußte. Als er sich vorsichtig erhob, sah er den Schnee, der in der Ebene lag. Der Bahnhofsvorstand trat vor das Häuschen. Eine alte Lokomotive fuhr an Lützelschwab vorüber, und er vermutete sofort, daß es die ihrige war. Als die Lokomotive mit den angekuppelten Wagen kam, sah er, daß es flache Güterwagen waren, welche hoch mit gefrorenen und mit einer kleinen Schneeschicht bedeckten Baumstämmen beladen waren. In Nähe der gefrorenen Baumstämme schien es Lützelschwab, als spüre er gleichsam die ausströmende Kälte. Matsch rutschte von den Stämmen. Lützelschwab zählte die Wagen und wunderte sich, wo so viele geschlagene Baumstämme herkommen konnten. Endlich waren die ihn bedrückenden Baumstämme vorüber, und Lützelschwab konnte wieder freier atmen. Er sah nun den Bahnhofsvorstand im geheizten Büro sitzen und telefonieren. Wahrscheinlich wurde ihm die Freigabe des Tunnels mitgeteilt. Lützelschwab hätte den heraustretenden Bahnhofsvorstand berühren können. Dieser gab nach einer kurzen Zeit mit der Hand ein Zeichen, worauf der Zug abfuhr. Dieser Tunnel war noch länger als der erste. Daß sie ihn endlich verlassen hatten, merkte Lützelschwab erst noch gar nicht, da hohe bewaldete Felshänge die Landschaft verdunkelten. Schwarze Wolken zogen am Himmel. In der Ferne leuchteten Hunderte kleiner Lichter einer Textilindustrie. Die Fabrik bestand aus drei aneinandergebauten Gebäuden, wobei der mittlere Bau schachtmäßig in die Höhe wuchs. Er maß sechs Stockwerke und hatte doppelt so große Fenster wie die beiden länglichen Gebäude. Diese zählten fünf Stockwerke und hatten in jeder Reihe etwa hundert kleine Fenster. Der Zug fuhr einen Bogen, entfernte sich von der Textilindustrie und kam zu einem einsam in einer Mulde gelegenen Dorf. Es war die zweitletzte Station der Fahrt. Wieder schritt der Postbeamte polternd durch den langen Postwagen und öffnete beide Schiebetüren. Er begrüßte den mit einem Karren bereitstehenden Kollegen. Sie luden erst die Pakete und nachher die Postsäcke aus. Als der Auslad beendet war, riefen sie zu den Rangierern *Fertig*!, die ihrerseits die Meldung an den Bahnhofsvorstand weitergaben. Der Zug fuhr jedoch wider Erwarten nicht ab. Als etwa fünf Minuten vergangen waren, verlor der Postbeamte ebenfalls die Geduld, entfernte sich von seiner Sortierarbeit und rief zu den Rangierern hinaus: Was ist denn los? Diese erklärten ihm etwas, was Lützelschwab nicht verstand. Er hörte jedoch den Postbeamten im Büro fassungslos vor sich hin sagen: Das gibts doch nicht, der Vorstand hat das Abfahrtszeichen verschlafen! Seine Schritte waren im Innern des Wagens gut zu hören. Als der Zug endlich abfuhr, rannte er hinaus, riß die Sicherheitsstange herunter und warf die Tür ins Schloß. Seine Schritte wurden lauter und näherten sich jäh der Tür, hinter welcher Lützelschwab lag, doch der Postbeamte ging nur auf den Abtritt. Nun fuhr der Zug hundert Meter vor dem letzten Bahnhof in den Güterbahnhof ein, und Lützelschwab machte sich bereit. Er vermutete, daß er bei vorzeitigem Abspringen aus der Gefahrenzone sein würde, ehe der Zug zum Stillstand kam. Er öffnete die Tür, stellte sich aufs Trittbrett, und als er es wagen konnte, sprang er in Fahrtrichtung ab und rannte unwillkürlich ein paar Schritte neben dem Zug her. Der Zug rollte jedoch langsam weiter, so daß Lützelschwab den

Postwagen, von welchem er abgesprungen war, immerzu vor sich hatte. Eine Zeitlang ging er sogar parallel zum Wagen, in welchem die Bahnbeamten saßen. Endlich hielt der Zug, und Lützelschwab war wieder auf der Höhe des Postwagens, so daß er also über hundert Meter für nichts gegangen war. Nun hörte er hinter sich das Aufreißen einer Tür und das Rufen von Menschen. Wahrscheinlich waren die Rangierer auf den im Schotter Gehenden aufmerksam geworden und riefen ihn an. Lützelschwab ging jedoch unbeirrt seines Weges und tat ganz so, als sei er ein Arbeiter des Güterbahnhofes. Er stieg schräg über die glitschigen Schienen, rutschte aus und fiel genau vor eine Komposition Güterwagen, die auf dem äußersten Geleise stand. Die Güterwagen setzten sich in diesem Augenblick in Bewegung und kamen auf ihn zugerollt. Er konnte nichts anderes tun, als sich so hinzuwerfen, daß er nicht unter die Räder kam. Zu spät sah er, daß vom letzten Güterwaggon ein schwerer Kupplungshaken herunterhing, welcher ihm einen harten Schlag gegen den Rücken versetzte. Doch Lützelschwab bezwang seine Sinnestäuschung und ging weiter. Die Wagen standen still an der Rampe. In der Lagerhalle rollten die Arbeiter Güter umher. Sie kamen heraus, brachten hochbeladene Paletten und schoben sie in die Wagen. Rufe waren zu vernehmen, kommandierende Stimmen und quietschende Räder. Einige schleppten eine Blechkiste, andere rollten Fässer über die Rampe. Wieder andere zogen Tiere in die betreffenden Viehwagen. Auf der Bretterfassade war mit altmodischen schwarzen Buchstaben das Wort *Güterexpedition* angebracht. An der Wohnungstür des Verwalters war der Name *Wolfer* zu lesen. Ein leichter Nebel kam auf und breitete sich über dem Güterumschlagplatz aus. Lastwagen kamen die Zufahrtsstraße entlanggefahren, die Fahrer stiegen aus und warfen die Blache auf das Dach. Auf

Rangiergeleisen plombierten Arbeiter die ersten Wagen mit dünnen Drähtchen. Eine Turmuhr zeigte sechs Uhr. Lützelschwab schritt einer Mauer entlang, die aus flachen gelben Backsteinen gebaut war. Hinter dieser Mauer befand sich eine Fabrik, wo die Arbeit jedoch noch nicht begonnen hatte. Lützelschwab wunderte sich über die Dunkelheit, die immer noch herrschte. Erst jetzt merkte er, daß er sich während der Fahrt verkühlt hatte. Er mußte so stark niesen, wie er in seiner Erinnerung noch nie zuvor gemußt hatte. Am ganzen Körper fror ihn. Die Zeitung mußte er wegwerfen, damit er sich mit beiden Händen die Brust warm reiben konnte. Die Mauer, welcher er entlangschritt, nahm kein Ende. Der Nebel schützte ihn vor neugierigen Blicken der ersten Arbeiter. Die ganze Zeit, da er der Mauer und also der Fabrik entlangging, mußte er niesen. So bewegte er sich heimwärts.

Silo

Es schien Franz Stark noch tiefe Nacht zu sein, als er dadurch geweckt wurde, daß die Mutter in seiner Kammer auf und ab ging. Vor dem Schrank bückte sie sich und begann, frische Wäsche hervorzusuchen. Doch Franz merkte, daß ihre Bewegungen hastig waren, so, als ob sie durch irgend etwas verstört worden wäre. Jedenfalls schien sie froh darüber zu sein, als sie sah, daß er aufgewacht war, und wandte sich ihm zu. Sie murmelte irgend etwas von Bauernburschen vor sich hin, die vor dem Haus herumlungern würden. Offenbar hatten diese die Mutter erschreckt. Sie bat Franz, doch einmal nachschauen zu gehen, ob er die Burschen kenne. Franz mußte sowieso aufstehen, da es bereits fünf Uhr geworden war, und wenn er die Mutter dadurch beruhigen konnte, so wollte er gerne einmal nachschauen. Er hielt es jedoch für unklug, einfach an die Haustüre zu treten und so den Bauernburschen wehrlos gegenüber zu stehen. Vielmehr wollte er zuerst einmal aus dem Fenster schauen, welches sich genau über der Haustür befand. Er rechnete nämlich damit, daß die Burschen unter dem Vordach ständen, wodurch er sie beobachten könnte, ohne selber gesehen zu werden. Als er sich jedoch über den Sims lehnte, standen die vier Burschen genau neben dem Vordach und schauten ihm direkt ins Gesicht. Es war, als ob sie seine Überlegung gekannt und nur auf sein Erscheinen am Fenster gewartet hätten. Ein untersetzter Bauernbursche, welcher von den andern in die Mitte genommen wurde, grinste auch tatsächlich genüßlich zu ihm herauf. Franz konnte nun das Erschrecken der Mutter gut verstehen. Die Bauernburschen wirkten tatsächlich furchteinflößend, wie sie da, wie festgewurzelt, zu

viert im Schnee standen. Vor allem hatte der Hagere, welcher die anderen um ein gutes Stück überragte, ein fürchterliches Aussehen. Eine gebleichte Strähne führte über sein Haar und teilte seinen Kopf in zwei Teile. Solche gebleichte Haarstellen hatten nur Bauernburschen, die von den hintersten Siedlungen des Steinbrunner-Tales kamen.
Die beiden mittelgroßen Burschen hatten ihre Hände auf die Schultern des Untersetzten gelegt. So standen sie eingemummelt auf dem gefrorenen Schnee, ohne daß auch nur einer irgend etwas gesagt hätte. Aber nun erkannte Franz in ihnen doch die Bucher-Brüder, welche mit ihm in der Fabrik arbeiteten. Der Hagere war der Hansrudolf, und der Kleine wurde der grinsende Felix genannt. Franz wunderte sich, daß dieser sogar bei der herrschenden Kälte ein Grinsen auf den Lippen hatte. Doch nun fragte er sich wirklich ernsthaft, was die Vier von ihm wollten. Es war bestimmt merkwürdig genug, um fünf Uhr in der Frühe vor fremden Häusern herumzuschleichen. Zwar fuhren sie jeden Morgen an der Straße oben vorbei, doch war es ihnen noch nie eingefallen, zum Haus zu kommen, um ihn abzuholen. Wenn er einmal gerade bereitgestanden war, so hatte er sich bei ihrem Herankommen aufs Fahrrad geworfen und sich ihnen rasch angeschlossen. Da nun endlich jemand etwas sagen mußte, so rief er hinunter: Nicht jeder hat es so schön wie ihr! Er hatte es ohne jede Überlegung gesagt, denn tatsächlich war nicht einzusehen, was daran so schön sein sollte, in dieser Frühe bereits unterwegs sein zu müssen. Dazu kam noch, daß es der erste Arbeitstag nach den vielen Festtagen war und eine große Kälte herrschte. Doch die vier Bauernburschen hatten ihren Spaß an seinem Ausspruch und grinsten lange vor sich hin. Endlich hörten sie auf damit, und der Felix ergriff das Wort. Er glaube nicht, sagte er, daß es

hier ebenso kalt sei wie in Sohlmatten. Dort jedenfalls sei es um halb fünf Uhr sechsundzwanzig Grad unter Null gewesen. Franz erwiderte, daß er auch glaube, daß es hier noch nicht so kalt sei wie dort. Er glaube jedoch, daß es um sieben Uhr ebenfalls sechsundzwanzig Grad unter Null sein werde. Um diese Zeit seien dann die Schulkinder nach Steinbrunn unterwegs. Nun sagte keiner mehr etwas, und Franz vermutete, daß die Bucher-Brüder nur noch auf sein Kommen warteten. Er rief deshalb hinunter, daß er gleich komme und nur noch rasch sein Frühstück einnehmen müsse. Doch da drehten sich die Vier wie auf Kommando auf den Absätzen um und gingen über den Schnee weg. Schön in einer Reihe begaben sie sich zur Straße hinauf, wo ihre Fahrräder am Zaun lehnten. Nun, da die Bauernburschen nicht auf ihn warten wollten, sah Franz keinen Grund mehr, sich zu beeilen und blieb am Fenster stehen. Von dort, wo die Bucher-Brüder verschwunden waren, kam nun eine alte Bettlerin zielsicher auf das Haus zugeschritten. Als Franz ihr Klopfen an der Haustüre vernahm, fragte er sich, was die wohl wolle. Mit schriller Stimme begann die Alte sogleich wild auf die Mutter einzureden. Anscheinend wollte sie der Mutter das Aschestreuen abnehmen. Jedenfalls sagte sie mehrmals, man möge ihr den Kessel mit der Asche nur herausgeben, sie werde dann alles schön ums Haus ausstreuen. Doch die Mutter erwiderte empört, dazu sei es doch noch zu früh, außerdem könne sie diese Arbeit auch allein verrichten. Die Alte keifte beleidigt zurück, was sie denn glaube, für sie Bettler beginne nun einmal das Tagwerk in aller Frühe. Darauf schlich sie mit gehässigen Blicken weg und verschwand zwischen den Scheunen. Franz hörte die Mutter verwundert fragen: Was ist denn heute los? Ein solcher Betrieb zu dieser Stunde ist ganz ungewohnt. Aus den Häuserschatten trat

nun ein völlig weißgekleideter Mann hervor, der einen weißen Esel an einem Strick mit sich führte. Franz fragte sich, wo denn auf einmal dieser Mann mit seinem Esel herkommen mochte. Doch da merkte er, daß es sich um den Bauern Affeltranger handelte, der keineswegs weißgekleidet war, und der Esel war lediglich ein Schlachtkalb. Anscheinend brachte der Bauer das Kalb ins Dorf. Bei der Länge des Weges war ein zeitiger Aufbruch sicher angeraten, zu dieser frühen Stunde aufzubrechen, schien Franz allerdings übertrieben. Er hatte jedoch keine Zeit darüber nachzudenken, da seine ganze Aufmerksamkeit von einem weiteren Mann in Anspruch genommen wurde, der, wie aus dem Nichts aufgetaucht, plötzlich mitten auf der Straße stand. Es schien ein fliegender Händler zu sein, da er mit weit ausgestreckter Hand einen Gegenstand nach dem andern in die Höhe hielt und mit lauter Stimme dessen Bezeichnung rief. Doch so sehr Franz sich auch bemühte, er konnte das gerufene Wort nicht verstehen. Er sah zwar deutlich den in die Luft gehaltenen Gegenstand, aber das Wort, welches der Händler dazu schrie, stand in keiner Beziehung zu diesem. Franz vermutete einen Einfluß des Wetters auf die Sprache, die Farben sowie auf das Gebaren der Leute. Es herrschte aber auch eine eigenartige Stimmung an diesem Morgen. Man konnte kaum seinen Sinnen trauen. Franz zum Beispiel glaubte schon seit einiger Zeit einen immerwährenden, entfernten Orgelton zu hören.
Nun verließ Franz aber doch seinen Beobachtungsplatz und stieg die Treppe hinunter. Er ging durch den dunklen Korridor und wollte gerade in der Küche verschwinden. Zufällig warf er aber doch einen Blick durch die halboffene Stubentür und entdeckte dort den Sohn des Affeltrangers, der auf ihn zu warten schien. Er war genau gleich hoch wie die Stuhllehne, neben welcher er stand.

Aus diesem Grunde nannten sie ihn in der Fabrik den kleinen Ernst. Franz wunderte sich, daß der kleine Ernst im Haus war. Obwohl er gegenüber wohnte, war er noch nie herübergekommen, um ihn abzuholen. Anscheinend suchten an diesem Morgen alle die Nähe eines andern. Er sagte wiederum, daß er gleich kommen werde und nur noch rasch frühstücken wolle. Als er am Tisch saß und das Brot in die Milch brockte, mußte er zum ersten Mal seit Jahren über die Fabrik und seine Arbeit nachdenken. Er dachte daran, daß er in einer großen Halle inmitten von guten Bekannten arbeitete. Sie nahmen das Mittagessen gemeinsam ein, redeten miteinander und lachten viel. Das war auch gut so, denn dadurch hatten sie keine Zeit, über die Arbeit nachzudenken. Doch Franz war sich klar darüber, daß ihm die Arbeit nicht schwerfiel. Auch das Aufstehen um fünf Uhr fiel ihm leicht, sofern er am Abend zeitig zu Bett ging. Eigentlich hatte er nur ein Problem wegen des Feierabends. Er wußte nämlich nie, was er in seinen zwei Stunden Freizeit pro Tag machen sollte. Jeden Tag versuchte er etwas anderes, um endlich herausfinden zu können, auf welche Weise er am meisten aus zwei Stunden Freizeit herausholen konnte. Manchmal wünschte er sich, zwei Dinge zu gleicher Zeit tun zu können. Etwa mit einer Hand zu schreiben, während er mit der anderen Federball spielte. Oder gleichzeitig drinnen und draußen zu sein. Denn war er drinnen, wollte er draußen an der frischen Luft sein, da er schon in der Fabrik drinnen war. Und war er dann draußen, dachte er, daß es klüger wäre, drinnen etwas für seine Bildung zu tun, da er schon in der Fabrik nicht viel denken müsse. Es kam vor, daß er am Feierabend vor dem Fabriktor stehen blieb, um jede Sekunde der Freizeit auskosten zu können. Er konnte einen Strauchzweig ergreifen, um das Freiheitsgefühl als etwas Faßbares empfinden zu können. Er

wollte die kostbare Zeit nicht mit dem lästigen Nachhausefahren verkürzen. Doch er befand sich mitten unter den Arbeitern, die schwarmartig durch die Straße zu den Fahrradständern drängten. Da waren seine Kollegen, die ihn einfach an den Armen ergriffen und vorwärtsschoben. Es war unmöglich, als einziger stehenzubleiben.
Franz Stark war nun bereit und verließ gemeinsam mit dem kleinen Ernst das Haus. Sie schritten hinter dem Stall an der Jauchepumpe vorüber. Einsam erhob sich im Dunkel der kleine Hofsilo. Beim Betrachten des Silos erinnerte sich Franz plötzlich eines Erlebnisses, das wohl über zehn Jahre zurückliegen mochte. Beim Spielen mit dem kleinen Ernst auf dem Heustock hatte er sich zu weit vorgewagt. Plötzlich hatte er etwa zehn Meter in das Innere eines breiten Silos gestarrt, von dessen Vorhandensein er gar nicht gewußt hatte. Vor Schreck wäre er beinahe schwindlig geworden und in die Tiefe gestürzt. Dort unten war eine grellblaue Blache mit etwa fünfzig Zentimeter Wasser gefüllt. Einige Vögel und vor allem mehrere kleine Spitzmäuse schwammen leblos an der Oberfläche. Sicherlich waren sie beim Spielen im Gebälk vom Gas, das von den Schnitzen ausströmte, betäubt worden und hinabgefallen. Bei der Erinnerung an dieses Erlebnis fühlte Franz nochmals die Angst, die er damals empfunden, und glaubte sogar, das von den Schnitzen aufsteigende Gas wieder zu riechen. Trotzdem fragte er sich ernsthaft, was er im Falle des Hinunterstürzens eigentlich verpaßt hätte.
Nun stiegen Franz und der kleine Ernst auf ihre Räder und fuhren los. Anfänglich empfanden sie die Kälte nicht stärker als an den Morgen vor den Festtagen. Außerhalb Oberhofens liefen über mehrere hundert Meter Gitterzäune der Straße entlang, welche Schneeverwehungen auf der Straße verhindern sollten. Doch an diesem Morgen

war vom gefürchteten Seitenwind nichts zu spüren. Es war eine buschlose Ebene, in welcher sich die Kälte richtig ausbreiten konnte. Zuerst hielten sie sich auf gleicher Höhe, fuhren in der üblichen Geschwindigkeit und wechselten sogar noch ein paar Worte. Von einer Sekunde auf die andere verstummten sie jedoch, traten wie wild in die Pedale und kämpften gegen die ungewöhnliche Kälte an, die ihnen plötzlich bewußt geworden war. Ihre Gesichter waren totenstarr, der Hals wie zugeschnürt, so daß sie nicht wußten, ob sie überhaupt noch atmeten. Sie wußten nur, daß sie diese Kälte auf die Dauer nicht aushalten konnten. Jeder kämpfte für sich, gegen die Zeit und die Strecke durch die riesige Schneelandschaft, die noch vor ihnen lag, und die zu meistern ihnen unmöglich erschien.

Der Talhändler

Alfred Lattmanns Vater hatte als Steinklopfer in Österreich gearbeitet, war dann nach T. zurückgekehrt, wo er beim Grafen Land gepachtet und nach und nach einen Hof aufgebaut hatte. Solche Hofbesitzer waren nicht selten unvorsichtig, besaßen drei Töchter ehe sie sich's versahen, gaben dann wegen den Ernährungsschwierigkeiten mehr acht und bekamen meist nur noch Söhne, in der Regel drei an der Zahl.
Karin, die Älteste, hatte in die *Obere Hub* in Gibswil eingeheiratet und hieß nun Roos-Lattmann zum Geschlecht. Margrit, die zweite, war ebenfalls außer Haus, wohnte in Wald und arbeitete in der Trikotfabrik Armin Vogt AG. Elsbeth, die dritte, mußte jeden Morgen früh aufstehen und mit dem Talzug nach Rikon fahren, wo sie in der Pfannenfabrik Kuhn in Stellung war. Herbert, der erste Sohn, hatte ein Zimmer in Schwanden gefunden und war in der dortigen Fahrradfabrik tätig. Erwin, der Zweitjüngste, hatte eine Stelle in T. selber, und zwar in der Messer- und Sägenfabrik Bühler. Alfred, der Jüngste, war der einzige, der einen freien Beruf ausübte, bereiste er doch als Händler von Telefonbüchern das Selmatter-Tal. Seine Konkurrenten hießen Grimm und Grob, wobei der erste im Taldorf Neubrunn, der zweite jedoch in T. selber wohnhaft war.
Lattmann arbeitete nach einem System. Er schrieb zum Beispiel all jene Adressen seiner Bekannten in ein Büchlein, von denen er annehmen konnte, daß sie sicherlich ein Buch kaufen würden, und suchte dann nur diese auf. Grimm und Grob dagegen gingen ohne Überlegung an die Arbeit, suchten zum Beispiel das Sandplatten-Quartier auf und gingen dann dort stur von Haus zu Haus.

Grob stach vor allem durch seine auffallende Kleidung von den andern beiden ab. Zu seiner schwarzen Hose und Jacke aus grobem Wollstoff trug er auf dem Kopf eine passende schwarze Filzmütze. Sein großer, hellbrauner Rucksack war prall mit Würsten, Räucherspeck und anderen Köstlichkeiten der Großmetzgerei Ott gefüllt. In guten Geschäftsmonaten, wenn der Rucksack nicht ausreichte, zog er kurzentschlossen mit Rad und Anhänger los.

Grimm, der mit den verschiedensten Krämerwaren handelte, war in einer Hinsicht bevorteilt: er war beinahe erblindet. Die Leute sahen sein Augenleiden und kauften ihm mehr aus Mitleid etwas ab. Auf diese Weise konnte er bis zu acht Verkäufe pro Tag tätigen. Bei Lattmann und Grob war es so, daß sie zufrieden sein mußten, wenn sie auf zwei Verkäufe pro Tag kamen. Zusätzlich zum Vorteil des Gebrechens beherrschte Grimm den Trick, die Leute immer an den Hintertüren aufzusuchen, wo sie ihm jeweilen gänzlich unvorbereitet plötzlich gegenüberstanden. Sie sahen den Händler mit dem Augenleiden und fanden vor Überraschung keine Worte, um ihn abzuwimmeln. Doch auch wenn jemand so geistesgegenwärtig war, Grimm ließ sich nicht abschütteln und erreichte stets sein Ziel. Er ging auf die Leute gar nicht ein, ignorierte jedes Wort und überrollte mit seiner Rede jegliche Entgegnung. Wenn der Hausbewohner zum Beispiel sagte: Schon wieder ein Händler, erst letzte Woche war einer da! dann erwiderte Grimm mit Bestimmtheit: Davon weiß ich nichts! Kernseifen! Möbelwachs! Schuhwichse! Grimm haßte Einwände und vor allem die Hoffnung der Leute, ihn abwimmeln zu können. Widerwillige Käufer erreichten dadurch höchstens, daß er sich für zu kleine Käufe rächte. Es war ja schließlich ein Leichtes für ihn, beim Verlassen des Hauses die Geranientöpfe am

Treppenrand mit einem Schuh anzustoßen. Grimms Augenleiden entschuldigte alles, die Hausbewohner konnten nur tatenlos das regelmäßige Zerschellen der Blumentöpfe in der Tiefe mitanhören und das langsame Entfernen Grimms beobachten. Oft hatten Lattmann und Grob solches Tun aus sicherem Versteck mitverfolgt und wieder viel zur Kunst des Hausierens dazugelernt.
An einem Sommertag hatte sich Lattmann eine derart lange Namensliste zusammengestellt, daß er fürchtete, ein Tag würde ihm für das Aufsuchen und Verhandeln mit all den Leuten nicht genügen. Sein Weg führte ihn zuerst zum Wirtshaus *Zur Linde*, wo sich die nur angelehnte Haupteingangstür durch einen leichten Stoß öffnen ließ. Im kühlen, nach Bier riechenden Gang erblickte er zu seinem Schreck eine an der Gaststubentür angebrachte Tafel mit der Aufschrift WEGEN TODESFALL GESCHLOSSEN. Hier war jeder Versuch sinnlos, Lattmann strich den Namen von der Liste, verließ das Wirtshaus und suchte die nächste Adresse auf. Er schritt die aneinandergebauten Häuser entlang und erreichte, kurz nach der Sennerei, die unscheinbare Tür, hinter welcher eine steile Treppe zur Wohnung der Gemeindeschwestern hinaufführte. Er klingelte, öffnete die Tür, trat in den kühlen Hausgang und versuchte mit verrenktem Kopf, die lange Treppe zur Wohnungstür hinaufsehen zu können. Dort tauchte bald eine uralte Frau auf, die mit krächzender Stimme hinunterrief, daß die Gemeindeschwestern nicht hier seien, da sie wegen des Todesfalles in der *Linde* dort genug zu tun hätten. Wiederum strich Lattmann die Adresse in seinem Notizbuch durch und sah dabei, daß er als nächstes Ziel *Weber Max, Landwirt, Schloß*, geschrieben hatte. Er schritt also den Schloßzaun entlang, bog in den Hof ein und hoffte, als er die verzierte Holztreppe zur Wohnung hinaufstieg, daß der große Sen-

nenhund schlief. Die Wohnungstür war weitgeöffnet, in der Mitte des Korridors lag friedlich der große Hofhund im hereinfallenden Sonnenlicht und schaute Lattmann erwartungsvoll ins Gesicht. Mit einem vor Freundlichkeit strotzenden Gesicht kam die Bäuerin auf Lattmann zu, erklärte, daß sie kein Telefonbuch brauche, da sie selten genug telefoniere, und bot ihm als Trost eine Tafel Schokolade an.

Durch eine schmale Gasse gelangte nun Lattmann zu den niederen Häusern des Winkelweg-Quartiers. Zuerst klingelte er bei der Arbeiterfamilie Blöchlinger, deren Sohn, nachdem er den Bahnhofskiosk ausgeraubt hatte, in das Erziehungsheim von Fischingen versorgt worden war. Da niemand zu Hause war, ging er zur nächsten Adresse, zu Fräulein Furrer, einer älteren Frau, die Verkäuferin im Konsumgeschäft war. Wohl wegen ihres geringen Lohnes mußte jedoch auch sie den Kauf eines Telefonbuchs ablehnen. Die Adresse des Herrn Peter strich Lattmann ebenfalls durch, als er vor dem Haus ein rostiges Rad der Fahrradfabrik Schwanden und durch die Fenster nur die allernötigsten Einrichtungsgegenstände in der Wohnung stehen sah, überwältigt von so großer Armut. Auch beim letzten Haus, wo sich die alte Besitzerin, offenbar wegen eines Hüftleidens, mühsam den engen Korridor entlangbewegte, konnte er kein Buch absetzen.

Er verließ nun T. und suchte den ersten im Selmatter-Tal gelegenen Weiler *Zum Kelnhof* auf. Frau Häner, deren Mann die Getränkefirma Meltinger vertrat, schenkte ihm zum Trost für einen nicht getätigten Kauf ein großes Glas Sport-Kola ein. Lattmann trank das Glas gierig aus, rief der in der Küche hantierenden Frau Häner Dankeschön zu und verließ das Haus.

Die nächste Adresse, *Hofer, Zihlacker*, mußte er wiederum streichen, da ihn das Schild WARNUNG VOR

DEM HUNDE abschreckte. So schnell geht das, dachte Lattmann, als er sah, wie stark die ehemals lange Liste in dieser kurzen Zeit geschrumpft war.
Lattmanns System war gut durchdacht. Eine weitere Möglichkeit bestand darin, ausschließlich die Handwerker von T. aufzusuchen, die ja ein Telefonbuch besitzen mußten, wenn sie geschäftsfähig sein wollten. Es war ein ausgesprochen schöner Septembertag, als Lattmann die Hauptstraße entlangschritt. Zuerst betrat er die Werkstatt des Sattlers und Polsterers Frei, der auf einem Stühlchen saß und einen Pferdesattel auf den Knien hatte. Alle Wände waren mit Zwirn, Riemen, Stricken und Pferdezaumzeug behangen. Lattmann verhielt sich abwartend still, atmete den sauren Geruch des Leders ein und beobachtete den alten, kahlköpfigen Frei, der mit seiner starken Nadel an dem Sattel nähte. Von Zeit zu Zeit bückten sie sich gemeinsam und schauten durch die tiefliegenden Fensterchen auf die Hauptstraße hinaus, wo sich der Schneider für seinen Morgenlauf bereitmachte. Nachdem ihm der Sattler doch noch ein Buch abgenommen hatte, trat Lattmann durch den Korridor zur Hintertür in den Hof hinaus. Hier war der Sohn Freis daran, Matratzen herzustellen. Über den ganzen Hinterhof verteilt, erhoben sich auf blauen Leintüchern Berge von Roßhaarfüllung. In der Wiese und im Garten wippten auf Böcken und Stühlen die fertigen Matratzen. Der Sohn Freis war derart in die Näharbeit vertieft, daß er Lattmann gar nicht bemerkte. An einem Spalierbaum hingen die ersten Klaraäpfel, und Lattmann konnte der Versuchung, sich davon einen zu holen, nicht widerstehen. Er kletterte also auf den Zaun, hatte jedoch den weißen saftigen Apfel kaum richtig in der Hand, als der Polsterer aufsah. Rasch riß Lattmann den Apfel vom Ast und flüchtete vor den langen Beinen des jungen Frei, der offenbar doch nicht so

in seine Arbeit vertieft gewesen war, in Richtung *Hängeten.*

Hier besuchte er den Tuchschneider, der hinter Dutzenden von vor ihm ausgebreiteten Tuchballen mit Schere und Elle hantierte. Lattmann kannte ihn nicht, merkte aber an seinem Aufbrausen sofort, daß es sich um einen hitzigen Menschen handelte. Der Tuchschneider erteilte ihm sogar den Rat, sein Glück beim, wie er sagte, *Landwirtschaftlichen*, also dem Ladengeschäft der Landwirtschaftlichen Genossenschaft, zu versuchen. Lattmann liebte Ratschläge nicht, außerdem arbeitete er ja nach einem System, was dieser nicht wissen konnte.

Da in der Zwischenzeit der Maßschneider Rey von seinem Morgenlauf zurück sein mußte, beschloß er, diesen in dessen Haus aufzusuchen. Bereits von der Straße aus sah er ihn im Schneidersitz hinter dem Fenster konzentriert über seiner Arbeit sitzen. Der Schneider war ein höflicher Mann, holte gleich ein Briefmarkenalbum vom oberen Stockwerk herunter und hieß Lattmann, in aller Ruhe einige Briefmarken aussuchen.

Nun war Schreiner Egg an der Reihe. Bei diesem hatte sich ausgerechnet heute ein Unfall ereignet, was einem Verkauf natürlich nicht förderlich war. Der Volontär habe, erklärte ihm Frau Egg, als er den Ausführungen des Meisters gefolgt sei, die Hände auf den Sägetisch gestützt, dabei sei ihm vom Messerrad das äußerste Glied des rechten Zeigefingers abgetrennt worden.

Beim Schmied Holzmann waren ausgerechnet an diesem Nachmittag die Jünglinge versammelt, welche sich für die ausgeschriebene Stelle eines Lehrbuben melden wollten. Sie saßen dicht beieinander auf einer Mauerausbuchtung im kleinen Schmiedevorraum. Ihre Gesichter hielten sie ehrfürchtig in Richtung Esse gewandt, wo der mächtige Schmied stand und ein Hufeisen ins Feuer hielt. Latt-

mann kam sich fehl am Platze vor, setzte sich aber doch als Letzter auf die Mauerausbuchtung und wartete ebenfalls auf den Schmied. Einige der Jünglinge blickten nun zu Lattmann hin, und er erkannte in einem zu allem Übel auch noch einen Bekannten, der sicherlich annahm, auch er wolle sich um die ausgeschriebene Stelle bewerben. Zuerst wich er den lästigen Blicken beharrlich aus und dachte, daß es leichter sei, Talhändler zu sein, als ein Leben lang neben dem Schmied zu stehen und den Blasbalg zu betätigen. Mehr und mehr kam ihm jedoch sein Warten sinnlos vor, und schließlich erhob er sich und durchschritt die Werkstatt, vorbei am Schmied, der nun am Amboß das glühende Hufeisen zurechtschlug.
Er verließ die Schmiede, schlüpfte zwischen den wartenden Pferden hindurch und trat auf die Dorfstraße hinaus. Was nützt hier das beste System, dachte er, wenn immer etwas Unvorhersehbares dazwischen kommt!
Die Bewußtheit, daß er sein ganzes Leben lang die Häuser des Selmatter-Tales werde aufsuchen müssen, bedrückte ihn mitunter zutiefst.
Als der Bauer Joss eines Morgens die Halde hinter seinem Hof hinauffuhr und samt Traktor in die Tiefe stürzte, dachte Lattmann: So schnell ist also der Tod!
Am Abend jenes Tages brachte ihm der Vater einen neuen Stoß Telefonbücher aufs Zimmer, merkte seine Stimmung und fragte, was los sei. Lattmann antwortete, er denke nur darüber nach, daß man von einer Sekunde auf die andere tot sein könne, obwohl das eigentliche Leben ja gar nie begonnen habe. Was denn das wieder heißen solle? So müsse er nicht anfangen wollen, rief der Vater, der ohne ersichtlichen Grund plötzlich wütend geworden war: Gestern haben wir den Hund abtun müssen, heute ist die Großmutter gestorben, und morgen wirst du dran sein! Noch deutlicher kann ich es wirklich nicht sagen!

Lattmanns System war vielschichtig, so machte er sich zum Beispiel an einem Herbstabend daran, die Metzger entlang der Landstraße aufzusuchen. Beim Einnachten, als niemand mehr einkaufen ging, die Metzgersleute jedoch alle in den hellerleuchteten Ladengeschäften standen, fuhr Lattmann, die Hutte am Rücken, die holperige Landstraße hinunter. Zuerst fuhr er nur einmal die Strecke ab, um feststellen zu können, ob die Gelegenheit zum Handel überhaupt gut sei. Nach dem Herbstregen war die Landstraße voller Schlaglöcher, so daß er, neben dem prüfenden Blick hinüber zu den Metzgereien, auch die Straße beobachten und immer wieder die Lenkstange herumreißen mußte. Er ließ das Rad bis ans Ende der Straße rollen, und als er die beste Zeit für sich gekommen sah, fuhr er zurück und begann mit den Besuchen.
Da war zuerst der Metzger Steiner, der immer ein schiefes Lächeln im Gesicht hatte und nie um eine Ausrede verlegen war. Kam eine Frau mit einem Pack alter, stinkender Kutteln in die Metzgerei zurück, so zog Steiner seelenruhig einen frischen Kuttelplätz hinter dem Ladentisch hervor und sagte: Von hier habe ich es abgeschnitten. Ungewöhnlich rasch warf er das Fleisch auf die Waage und riß es wieder herunter, bevor der Zeiger zum Stillstand gekommen war. Dieses Tun hatte Lattmann einmal veranlaßt, seine Mutter voller Bedenken zu fragen, was ein solcher Metzger wohl in seine Würste stopfe.
Auf der linken Seite befand sich der Metzger Mettler, der ein großzügiger Mann war. Zu Voressen gab er immer noch ein Stück zu und steckte vor allem noch große Soßeknochen in die Packung. Sein Lieblingswort war ›voilà‹, das er oft nach schwierigen Schnitten, insbesondere aber dann aussprach, wenn er das rasch eingewikkelte Fleisch plötzlich vor den verdutzten Kunden auf den Ladentisch warf.

Die Metzgerei Ott war die größte von T., bei ihr hatte auch Grob seine Anstellung. Er hatte sie bekommen, da er nach all den Diebstählen endlich einmal ernsthaft arbeiten sollte. Ott saß im Gemeinderat von T., und Lattmann vermutete, daß er auch als Vormund Grobs amtierte.
Der vierte Metzger hieß Wild, sein Ladengeschäft befand sich abseits der Landstraße in einer Seitengasse. Auch hier waren die Metzgersleute daran, das Fleisch für den nächsten Tag vorzubereiten. Bei Lattmanns Eintreten ging die Metzgersfrau gerade etwas in der über dem Laden gelegenen Wohnung holen, während Wild lange Speckstreifen in Rindsbraten zog. Hier verkaufte Lattmann sein erstes Buch.
Froh darüber, verließ er das Geschäft und setzte sich auf sein Rad. Er ließ es einfach die Straße hinunter rollen, ohne an ein Nachhausegehen zu denken. Am Ende des Dorfes bog er in den Kapellweg ein. Er fuhr hinaus zur Bahnlinie und dann alles an ihr entlang zurück in die Gegend des Bahnhofs. Vor sich auf dem Bahnhofplatz erblickte er den einladend beleuchteten Kiosk, wo er sich als Belohnung für die getätigten Geschäfte eine Süßigkeit leisten wollte.
Dieses seinen Gelüsten nachgebende Ausschweifen am letzten warmen Abend des Jahres war eine der wenigen Annehmlichkeiten in seinem Händlerleben.
Als sein Fahrrad kaputt war, schloß Lattmann sich Grob an, setzte sich in dessen Anhänger, um gemeinsam mit ihm das Dorf zu durchkämmen. Wind kam auf, Staub wirbelte über die Straße, und die Vögel flüchteten in Erwartung des Regens in Sträucher und Büsche. Rasche Arbeit war geraten, Lattmann umklammerte seine Bücher und hielt sich am Gestänge des Anhängers, der hin und her schwankte, fest.

Grob raste wie der Teufel den breiten Kanal entlang, streifte die Bäume, so daß der Anhänger die Böschung hinabzurutschen und das Fahrrad samt Grob mitzureißen drohte. Am Abend setzte tatsächlich ein scharfer Regen ein, und es blieb ihnen gerade noch Zeit, den Uhrmacher Guyer aufzusuchen. Hintereinander traten sie ein, wobei Grob laut *Metzgerei*, Lattmann *Telefonbücher*, dann wieder Grob *Metzgerei* und nochmals Lattmann *Telefonbücher* rief. Der Uhrmacher saß mit einer Lupe im Auge in die Reparaturarbeit vertieft hinter einer Glaswand und sagte kein Wort. Seine Frau dagegen kam wütend an den Ladentisch und rief, sie sollten nicht so laut machen, da dies ein anständiges Ladengeschäft sei. Als Grob erwiderte, daß sie doch schließlich wissen müsse, womit sie handeln würden, erboste sie sich noch mehr und sagte triumphierend, daß sie jetzt absichtlich nichts kaufe, damit sie lernen würden, wie man sich in einem anständigen Geschäft aufzuführen habe.

Als Lattmann am nächsten Morgen aufstand, stellte er fest, daß über Nacht der erste Schnee gefallen war. Wieder setzte er sich bei Grob in dessen Anhänger, wobei dieser, wenn er sah, wie Lattmann sich angstvoll an den Stangen festhielt, seine Freude daran hatte. Zuerst besuchten sie den Uhrmacher Isler, der sie gleich hinter den Ladentisch führte. Er zeigte ihnen einen Sprung in der Schaufensterscheibe, der durch einen von einem Motorrad geschleuderten Kieselstein verursacht worden war. Leider habe er die Nummer des Motorrades nicht mehr erkennen können, sagte Isler, und nun besitze er seit Wochen das Geld nicht, um eine neue Scheibe einsetzen zu lassen.

Später betraten sie die Bäckerei Etter, die Türglocke klingelte, dann fiel die Tür laut ins Schloß. Der Bäcker führte sie in die Backstube und zeigte ihnen die vielen mit Broten gefüllten Körbe und Kisten. Als Beispiel seines Handwerks zog er ein ausnehmend flaches Brot hervor. Dieses Brot, sagte er, könne er nicht verkaufen, das sei kein Brot, das sei ein Fladen. Dann bedeutete er ihnen, sich doch einmal an der Wand auf diese umgestülpte Kiste zu stellen und durch die Stäbe zu schauen. Von hier aus nämlich, sagte er, könne er von der Backstube direkt in den Ladenraum sehen und die Kunden durch die Brote auf den Regalen beobachten. Werde er Zeuge eines Diebstahls, melde er dies seiner Frau, die dann den völlig überraschten Kunden stelle. Grob erbleichte, da auch er nicht wenige Male in diesem Geschäft gestohlen hatte. Der Bäcker steckte nun den beiden je einen Nußgipfel in die Hände und schob sie aus dem Geschäft.

Unterdessen war viel Schnee gefallen, die Tage näherten sich Weihnachten, und die Aussicht auf gute Geschäfte war groß. Die erste Kundin wurde dadurch verärgert, daß die beiden sie mit *Frau Briefe* anredeten, in der Annahme, daß sie so heiße, da dieses Wort am Briefkasten zu lesen war.

Als der Riesenberg an die Reihe kam, beschloß Lattmann, nicht mit hinaufzugehen, sondern beim Anhänger und dem Fahrrad auf Grobs Rückkehr zu warten. Grob stieg also zu Fuß mit der Hutte und dem Bestellblock den Berg hinauf, während Lattmann in vollkommener Einsamkeit unter dem dunkelbehangenen Winterhimmel wartete. Alles war still, nur vom turmartigen Transformatoren-Gebäude drang ein Summen herüber.

Auch im neuen Jahr ging Lattmann wieder mit Grob in dessen Anhänger auf den Rundgang. Als sie sich am Abend vor dem ersten Weiler des Selmatter-Tals, *Zum Kelnhof*, aufhielten, kam ihnen auf seinem Rad mit heftigen Tretbewegungen Grimm entgegen. Dieser war auf dem Rückweg nach Neubrunn, wo er wohnte.

Als sie ihren größten Feind erblickten, konnte Grob sich nicht mehr halten und begann hastig einen Berg harter Schneebälle zu formen. Beim Näherkommen Grimms begann Grob, in der Hand den ersten Ball, den Arm vor dem Wurf wie wild zu schwingen. Wag es nicht! rief Grimm vom Fahrrad herunter, da traf ihn bereits der erste Schneeball mitten ins Gesicht. Jetzt möchte ich nicht du sein! sagte Grimm mit der Ruhe des Überlegenen, stellte das Rad an den Zaun und näherte sich Grob. Lattmann, der wußte, daß Grob keine Aussicht hatte, diese Prügelei zu gewinnen, stellte sich vor ihn, und Sekunden später wälzte er sich bereits mit Grimm im Schnee. Es fiel Lattmann recht schwer, den größeren und älteren Grimm unter sich zu bringen. Während des Ringens gelang es Grimm, Lattmann den kleinen Finger der rechten Hand zu verstauchen. Von der Straße her kam ein Trupp Schneeschaufler, die eben Feierabend machten, stellten sich im Kreis um die Raufenden auf und begannen, Lattmann anzufeuern. Ohne daß Grimm zuviel Schläge bekommen hätte, gab er plötzlich auf, da er spürte, daß ihm Lattmann überlegen war. Trotzdem aber klopfte er sich befriedigt den Schnee von den Kleidern, sagte So!, als habe er eine Sache zu seinen Gunsten erledigt, bestieg sein Rad und fuhr als Verlierer, aber mit erhobenem Kopf das Tal hinauf. Der Schneeschaufler-Trupp beglückwünschte Lattmann, der merkte, daß die Männer ihm geholfen hätten, wenn er der Schwächere gewesen wäre, nur weil er von T. war, während Grimm in Neubrunn wohnte.

In der Nacht, wenn alles still war, lag Lattmann oft wach und sah durch das Fenster in den fernen Wald hinauf. Eine Antenne erhob sich dort wohl fünfzig Meter in den Himmel, an deren Spitze ein rotes Licht in einem fort blinkte. War Lattmann schwermütig, so tröstete er sich mit diesem Licht, das ihm das einzig Vertraute in der Nacht war. Er erinnerte sich eines Dichters, der in dieser unwirtlichen Gegend hauste, und beschloß, diesen am Morgen aufzusuchen.

Es war eine Schneefläche von riesigem Ausmaß, und der Dichter hauste in einer armseligen Hütte nahe der Antenne. Als Lattmann diese menschenleere Ebene vor sich sah, dachte er: Hierhin muß also ein Dichter flüchten, um Ruhe vor den Menschen zu finden.

Gemeinsam gingen der Dichter und Lattmann über die Schneeöde, wobei der Dichter fortwährend die klügsten Sätze von sich gab. Als sie die engen Gassen des Dorfes erreicht hatten, dachte Lattmann: Ja, kann seine Stimme denn über diese Entfernung bis zu den Menschen in die Städte dringen, und hat sie dort überhaupt noch ein Gewicht?

Nachdem sein Vater das Fahrrad geflickt hatte, fuhr Lattmann wieder das Tal hinauf, um sich auf den Weiler Neubrunn zu konzentrieren. Zuerst ging er zum Velomechaniker Albisser, der seine Werkstatt im Schuppenanbau seines Hauses eingerichtet hatte. An zwei Schnüren hing mitten in der Hütte ein Rad, während der ganze Boden mit Werkzeug übersät war. Von Albisser erfuhr Lattmann erstmals etwas über die persönlichen Verhältnisse, in welchen Grimm lebte. Er habe keinen Vater mehr und müsse mit seinem Handel sich und die Mutter durchbringen. Schließlich kaufte der Mechaniker Lattmann ein Buch ab.

Im Lauf des Tages hatte er das Pech, daß er ausgerechnet an jenem Hinterhaus anklopfte, wo Grimm wohnte. Grimm war zuhause, und Lattmann dachte unwillkürlich an den seinerzeitigen Ringkampf und spürte wieder den Schmerz im verstauchten kleinen Finger. Gleichzeitig, als Grimm zur Haustür herunterstieg, sah Lattmann dessen

schwerinvalide Mutter sich, auf zwei Krücken gestützt, über den Zwischenboden der Treppe schleppen; ihre Beine steckten in hohen Eisenschienen, die mit Ledergurten an Ober- und Unterschenkeln befestigt waren.
Lattmanns neuester Plan ging dahin, ausschließlich die Pfarrer des Tales aufzusuchen, die ihm von Berufs wegen, nämlich aus Nächstenliebe, die sie ja predigten, ein Buch abkaufen mußten. Seiner Mutter sagte er am Abend siegesgewiß, daß er morgen zehn Bücher verkaufen und somit seinen größten Konkurrenten, Grimm, übertreffen werde. Die Mutter erwiderte nur, er solle nicht so sicher sein, und sie sollte wie immer recht behalten.
Der Vormittag war angenehm, da Lattmann lediglich die Strecke bis Fischingen, dem entferntesten Dorf des Tales, zurücklegen mußte. Genau zehn Kirchen befanden sich in seinem Gebiet.
Bei der ersten Kirche gelangte er über die Haupttreppe an die Tür zur Pfarreibücherei. Die Bibliothekarin kaufte ihm zwar kein Buch ab, gab ihm jedoch die Hälfte des Betrages als Geschenk. Das fängt gut an! dachte Lattmann und ahnte nicht, daß es die einzigen Einnahmen des ganzen Tages sein sollten.
Sein unfehlbarer Plan hatte nämlich einen Fehler, den er bald merkte. Der Pfarrer kam meist nicht selbst an die Tür, sondern schickte die Hausverwalterin oder Pfarrfrau, der es wegen Nächstenliebe keineswegs versagt war, ihn abzuwimmeln. Kam der Pfarrer einmal selbst, so öffnete er nur ein kleines Fensterchen und rief hinaus, er möge später wiederkommen, was ebenfalls keine Absage war. Oder der Pfarrer erklärte, und das war noch die beste Ausrede, er habe jetzt keine Zeit, da er die Osterpredigt vorbereiten müsse. Ein anderer Pfarrer, der ihn in die Pfarreistube geführt hatte, hielt ihn sogar für einen Lügner, glaubte, er habe die Bücher gestohlen, und

nannte ihn wörtlich einen Betrüger. Wieder ein anderer Pfarrer schob ihn ab in eine Stube, wo drei Vikare um einen Tisch saßen, die sich zwar interessiert die Bücher besahen, dann jedoch allesamt ablehnten. Der Pfarrer der Hauptkirche von T. schließlich bedeutete ihm geheimnisvoll, in einen Raum zu kommen, und ließ ihm durch die Schwester ein Stück Torte auf einem Tellerchen bringen. Als Lattmann am Tischchen saß und aß, fragte ihn der Pfarrer nach einer längeren Pause, ob er für ihn mit Maria-Hilf-Missionskalendern hausieren gehen wolle. So hatte er sich zu dem schlechten Tagesgeschäft auch noch diese unangenehme Pflicht aufgehalst.

Als eines Morgens die Frühmesse in der Hauptkirche aus war, stand Lattmann mit seinem Notizblock im Hof und schrieb die Namen der heraustretenden Kirchtreuen auf. An den folgenden Tagen suchte er nun diese Gläubigen, es handelte sich hauptsächlich um alte Frauen, welche gewiß die Angst vor dem nahen Tod in die Kirche trieb, in ihren Wohnungen auf. Er klingelte und sagte, daß ihn der Pfarrer zu ihnen schicke, dessen Messen sie immer besuchen würden.

Die wohl achtzig Jahre alte Frau Runggi wohnte im zweiten Stock eines Hofanbaus. Sie kaufte Lattmann einen Kalender ab, bat ihn aber gleichzeitig, ihr jeden Samstag Besorgungen bei der Apotheke zu machen. Die zweite alte Frau, die ihm einen Kalender abnahm, betrachtete ihn von da an als Bekannten und bestand darauf, von ihm jedesmal auf der Straße gegrüßt zu werden. Wenn er ihr also begegnete, konnte er nicht umhin, sie zuerst höflich zu grüßen und sich dann auch noch nach ihrem Wohlbefinden zu erkundigen. Eine nette alte Frau war Frau Winkler, die im Ausgangshaus zum Selmatter-Tal wohnte. Sie sah jedoch sehr schlecht und wählte in der Folge aus dem überall herumliegenden Hartgeld die

Fünfer aus und steckte sie ihm in der Annahme zu, daß es sich um Fünfziger handelte. Lattmann besaß das Herz nicht, ihr die Münzen zurückzugeben und zu sagen, daß es gar keine Fünfziger seien. Als in den nächsten Tagen das Ableben der Frau Winkler bekannt wurde, merkte Lattmann, daß er der letzte gewesen war, der die Frau zu Lebzeiten gesprochen hatte.

Seit Wochen konnte Lattmann den Feierabend nicht mehr richtig genießen. Er saß nicht draußen auf dem Strohsessel sondern versteckte sich in der Stube und lauschte den Geräuschen, die vom Hof hereindrangen. Meistens ging er sorgenvoll auf und ab, manchmal führte er Selbstgespräche. Einmal überraschte ihn die Mutter dabei, wie er in der Ecke vor dem Schaukelstuhl immerfort drei Schritte vorging, sich umwandte, drei Schritte zurückging, sich aufs Neue umwandte und wieder drei Schritte vorging. Die Mutter sagte, er solle doch hinausgehen, es sei ein schöner Abend. Doch Lattmann erwiderte mit einer müden Armbewegung: Laß nur, ich will zeitig ins Bett gehen, ich habe morgen einen strengen Tag. In letzter Zeit habe er immer so Schmerzen im Rücken, dabei müsse er doch bereits beim Fahren den Rücken verkrampfen. Ja, antwortete die Mutter mitfühlend, manchmal sei das Leben wirklich hart. Während Lattmann die Holztreppe zu den Schlafräumen hinaufstieg, richtete ihm die Mutter seinen Mittagsimbiß für den nächsten Tag.

Als er am Morgen um fünf Uhr aufstand, tauchte die Mutter erneut im dunklen Korridor auf und half ihm in die Hutte. Kurze Zeit später fuhr er einsam das noch dunkle Tal entlang, wo alles still war. Über dem Waldkamm blinkte wieder das rote Licht in der Höhe und schien ihn wie einen Freund zu grüßen. In den Straßenkreuzungen der Dörfer standen Polizisten und kontrollierten die wenigen Fahrzeuge. Rasch warf sich Lattmann vom Fahrrad und schob es auf dem Gehsteig, damit man ihn als Fußgänger betrachtete und so die Beamten nicht merkten, daß sein Licht nicht funktionierte. Beim Weiterfahren dachte er, daß man ihn bestrafen würde, weil er ohne Licht fuhr, daß er also, genau besehen, ein Verbrecher war, obwohl er niemandem etwas zuleide getan hatte und Tag für Tag hart arbeitete.

Einmal trafen sich Lattmann, Grob und Grimm im Hause einer wohlhabenden Fabrikantenwitwe. Nachdem sie Dutzende dicker Zeitungsbündel von der Küche auf den Estrich hinaufgetragen hatten, wurden sie zu einem Imbiß in die Küche gebeten. Die weißhaarige, leutselige Frau kaufte auch jedem etwas ab und stellte ihnen dann je ein Stück Torte auf einem Teller auf den Tisch. Dabei bediente sie in der Reihenfolge bei Lattmann beginnend über Grob zu Grimm, wobei sie sagte: Hier das größte Stück, weil er am meisten gearbeitet hat, ihm das zweitgrößte und hier das dritte ist auch noch recht groß.

Lattmanns System war endlos in seinen Möglichkeiten. Als nächstes begann er, all diejenigen Höfe aufzusuchen, deren Namen bekannt waren, von welchen jedoch niemand wußte, wo genau sie sich befanden. Am Abend hatte er sich von der Gemeindekarte eine Anzahl Hofnamen in sein Büchlein geschrieben und fuhr am Morgen wieder das Tal hinauf. Als er durch Neubrunn fuhr, suchte er verzweifelt den Weg, der zum Hof *Lehrüti* führte, der sich irgendwo im Bergwald befinden mußte. Mehrere Male fuhr er eine längere Strecke hinauf und hinunter und suchte mit den Augen den ganzen Wald nach einem hervorstehenden Dach oder wenigstens einem Kamin ab. Er mußte die halbe Strecke zurück zum nächsten Dorf fahren, bis er auf der Höhe des schwarzen Munitionshauses, zwar nur für ganz kurz, das rote Zie-

geldach des Lehrüti-Hofes entdeckte. Er vermutete den Weg quer über die Kuhweide und hinter dem Schießstand durch, in den Wald hinaufführend. Er fuhr die lange Strecke nach Neubrunn zurück, dann zwischen dem Haus des Velomechanikers Albisser durch zum Dorfrand und fand dort den Weg über die Weide hinaus. Kurz nach dem Schießstand erblickte er das längliche Gehöft, mitten in einer Waldlichtung stehend. Zu seiner Überraschung mußte er jedoch vernehmen, daß gerade gestern ein Händler dagewesen sei, der ein Augenleiden gehabt habe. Diesem hätten sie etwas abgekauft, doch für einen zweiten Kauf reiche ihr Geld nicht mehr.
Auf der Höhe des alten Munitionshauses führte aber auch ein Landweg in nördlicher Richtung gegen den Wald. Dort mußten sich die Höfe *Rank* und *Unterspitzwies* befinden, von deren Vorhandensein kaum jemand wußte. Beim *Rank* mußte er jedoch von der Bäuerin hören, daß bereits ein Händler hier gewesen sei, so daß er wütend dachte: Überall komme ich eine lächerliche Zeit zu spät.
Beim Hof *Unterspitzwies* erblickte er zu seinem Schreck seinen größten Widersacher Grimm, der sich nach erfolgreich abgeschlossenem Geschäft eben auf das Fahrrad schwang und mit hämischem Grinsen den holperigen Weg zur Talstraße zurückfuhr.
So ist das! dachte Lattmann, als er voller Ingrimm das Tal zurück nach T. fuhr. Immer wenn ich eine gute Idee habe, gehen die anderen hin und führen sie aus!
Vermehrt schob Lattmann die direkten Besuche bei den Leuten hinaus und fuhr nur noch das Tal entlang. Bei jedem Dorf sagte er sich, daß er beim nächsten mit dem Hausieren beginnen werde. Mit großer Bewunderung gedachte er der ersten Siedler dieses Landstrichs, die durch das Tal gekommen waren und sich dann im Verborgenen

an den abgelegensten Berglehnen niedergelassen hatten. Dadurch, daß nie jemand bis zu den entfernten Hängen des Haselberges oder des Schauenberges vordrang, konnten die Siedler um die Abgaben an den *Zehntherrn* in *Hutzikon* herumkommen.
Bei solchen Gedanken vermeinte Lattmann wiederholt zu wissen, daß auch er bei den ersten Siedlern dabeigewesen war und damals schon, also vor mehr als zweihundert Jahren, als eine Art freier Händler das Tal bereist hatte. Ging er besonders gedankenverloren durch die Gassen von T., so erlag er mitunter der Täuschung, sich selber als Händler, angetan mit den Kleidern der ersten Siedler, vor sich zu sehen. Einmal war er dieser Erscheinung kurzentschlossen über die groben Kopfsteine in eine Seitengasse nachgegangen. An dessen Ende hatte er in einer Art Pferdesammelhalle sich selber zwischen den Pferden, vertieft in Verhandlungen mit Fuhrleuten und Roßknechten, erblicken müssen. Manchmal blieb er vor einem alten Riegelhaus stehen, richtete seinen Blick zu den niederen Fenstern im ersten Stock, und es durchfuhr ihn die wehmütige Erinnerung: Hier hast du damals gewohnt. Wenn er entlang der kleinen Ladengeschäfte die Kopfsteintreppe hinunterstieg, dachte er: Und hier hast du hausiert.
Eines Morgens stieg er in aller Frühe zur Hütte des Dichters hinauf, wobei ihm die eben aufgehende Sonne angenehm den Rücken wärmte. Am Ziel angelangt, mußte er feststellen, daß der Dichter spurlos verschwunden war, dafür aber die ganze Wiese vor der Hütte von unzähligen Tierkadavern übersät war. Der Weg zurück bereitete Lattmann Mühe, da er den Fuß immer an den Stellen absetzen mußte, wo sich weder ein Tierkörper noch eine Blutlache befand. Mit der Zeit bekam er einen richtigen Muskelschmerz in den Unterschenkeln, und ein immer stärker werdendes Ekelgefühl stieg in ihm hoch. Nach-

dem anfänglich nur die Kadaver von Federvieh herumgelegen waren, erblickte er nun vermehrt auch Körper von Schweinen oder Kälbern, aus denen die Därme hervorquollen. Schließlich erkannte er auch noch Kadaver von Schafen und Berge von blutigen Fellen, die wohl auf die billigste Weise, nämlich durch die Sonne, gereinigt werden sollten. Nachdem er auch noch über abgehackte Ziegenbeine und kleine Muniköpfe, aus deren Maul die bläulichrote Zunge hing, gestiegen war, fühlte er sich so geschwächt, daß er beschloß, sofort nach Hause zurückzugehen.

Im Sommer legte ihm der Vater zusätzlich noch einen Sack mit Gemüse, unter anderem Rüben, in die Hutte. In den hintersten Taldörfern sei das Klima nämlich so hart, daß der Boden noch im Sommer gefroren sei und im Garten nichts wachsen wolle. So handelte Lattmann also mit Telefonbüchern, Missionskalendern und Sommergemüse. Nun stellte sich aber heraus, daß in diesem Sommer ein völlig anderes Klima herrschte, daß bereits das Frühjahr ungewöhnlich warm gewesen war und die Dorfbewohner selber mit vielzuviel eigenem Gemüse eingedeckt waren. Die Gläubigen, welche Tag für Tag die Messe in der Hauptkirche besucht hatten, waren gestorben. Zudem war für die Telefonabonnenten ein Heft mit den Nummern des Tales herausgekommen. Lattmann war wütend. Das Schicksal ist gegen mich, dachte er. Immer bin ich mit den falschen Artikeln zur falschen Zeit am falschen Ort!

In seinem Beruf sah Lattmann manchmal in derart arme Verhältnisse hinein, daß er sich schämte, den Leuten unnötige Sachen aufschwatzen zu müssen. Oft wurde er Zeuge von Wutausbrüchen, wobei es immer die Kinder waren, denen die Schuld für die eigene Armut zugeschoben wurde. Einmal mußte er zum Beispiel im Weiler *Hof-*

bach mitansehen, wie eine Mutter einen Redeschwall von Flüchen über eine beinahe erwachsene Tochter ergoß. Trotz des einsetzenden, heftigen Regens wurde diese Tochter den unendlich weiten Weg nach T. zurückgeschickt, wo sie den zu teuer eingekauften Artikel im Konsum umtauschen sollte. Und nun mußte also auch noch er mit seinen Telefonbüchern dastehen. Unbeteiligt sah er in den düsteren Korridor – direkt an das Heft mit den Talnummern, das beim Telefon an einem Nagel hing.
Als nun Lattmann das Tal wieder hinunterfuhr, wurde er von der heftig pedalenden halberwachsenen Tochter überholt, die verbissen, in strömendem Regen, den langen Weg nach T. zurücklegte. So groß ist die Macht deiner Mutter, daß du wortlos, wie von Furien gehetzt, sofort jeden Befehl ausführst, dachte Lattmann.
Daran, daß er selbst die unbekanntesten Flurnamen kannte, wurde ihm richtig bewußt, wie lange er bereits das Tal hinauffuhr. Da war zuerst der *Hinterbuech*, rechts der *Oberwald*, dann links die *Barhalden* und rechts die *Mülau*. Danach kam die *Tösswies*, links die *Breiten* und wieder rechts die *Rossweid*. Dann folgten links die *Langbreiten*, rechts der *Langacker*, links der *Grossacker* und wieder rechts der *Schlüsselkorb* unterhalb des *Huschels*. Später kamen links die *Schluchtäcker* unterhalb der *Bächenegg*, rechts *Rieden* und die *Länggi* unterhalb dem *Wängestel*. Gleich gegenüber befand sich der *Gulen*, die *Geißwies* und wieder links der Straße die *Weibelhalden*. Die darauf folgende Ebene hieß *Rietwies* und der Hügel gegenüber *Blutrüti*. Nachher kamen *Rinspel*, *Gerstel*, *Riedenberg*, *Burghalden*, *Duggisholz*, links *Furt*, *Kirchholz*, *Unter Loo*, *Steinwiesen* und so weiter.
Große Geschäfte waren an Regentagen zu erwarten, da alle Leute gelangweilt in den Gehöften herumsaßen und förmlich darauf warteten, daß ein Händler kam. Latt-

mann war früh aufgestanden, hatte sich die Kapuzenjacke angezogen und das Haus mit dem Fahrrad verlassen. Einsam kämpfte er gegen den Regen das Tal entlang. Auf der Höhe des Weilers *Zum Kelnhof* lag über eine längere Strecke flüssiger Kuhkot auf der Straße. Es war beinahe unmöglich, diesen Kot von überholenden Fahrzeugen nicht ins Gesicht gespritzt zu bekommen. Tatsächlich wurde Lattmann schon bald von Spritzern an den Beinen, an der Brust und im Gesicht getroffen. Zwar befand sich gleich auf dieser Höhe eine Viehtränke hinter dem Weidezaun, wo er den Dreck sofort mit Wasser herunterwaschen konnte. Allein, nach diesem Erlebnis war es ihm nicht mehr möglich, an seine Arbeit zu gehen; er kehrte um und fuhr nach Hause.

Immer scheitert man an den anderen, so daß, was als eigenes Versagen erscheint, im Grunde genommen ein Versagen der Mitmenschen ist, dachte Lattmann erschöpft.

Am wohl letzten schönen Oktobertag war Lattmann wieder bis Selmatten gekommen. Der Abend brach herein, und er dachte, daß nun schon bald wieder der Winter komme. Er stellte sein Fahrrad an eine Telefonstange und schritt, mit der Hutte am Rücken, schwermütig an den in der Sonne sitzenden Alten und den davor spielenden Kindern vorüber. Hier ging er mit seinen Rüben, die niemand wollte, und noch nie war seine Sehnsucht so groß gewesen, auch eine Bank zu besitzen, wo er, ohne dem Geld nachjagen zu müssen, die letzten Sonnenstrahlen des Herbstes genießen konnte. Die Treppengeländer der Gehöfte waren verziert und von Geranien gekrönt, die Seitenwände vom hochgeschichteten Brennholz bedeckt. Der Winter würde kommen, doch diesen Alten und Kindern konnte nichts passieren. Alles war in Ordnung, bald würde die Bäuerin zum Essen rufen, und jeder hatte seinen Platz am Tisch und einen vollen Teller vor sich. Nur Lattmann gehörte nicht in dieses Dorf, nicht einmal in dieses Tal, und wußte gar nicht, was er eigentlich hier suchte. So entfernte er sich mit seiner Hutte in der untergehenden Sonne und ging einsam zwischen den Häusern hindurch zur *Rietwiese* hinüber. Als er außerhalb des Weilers den Blick in die Höhe hob, sah er, daß auf dem *Rüetschberg* eben die Lichter des Gehöftes angezündet wurden. Er beschloß, seine Schritte dorthin zu lenken, auch wenn er wußte, daß bei seiner Ankunft Nacht sein würde. Die Bäuerin pflegte immer selbstgemachten, gefüllten Lebkuchen im Haus zu haben, von welchem sie ihm sicher ein Stück abgeben würde. Wenn dann vielleicht sogar ein Plätzchen am Kachelofen frei war, könnte er sich endlich auch irgendwo geborgen fühlen, wenn auch nur für die Zeit, da er sein Stück Lebkuchen aß.

Das Arbeitslager

heuwenden

Um die unfreiwillige Reise nicht auch noch mit unnötigen Kosten zu belasten, beschloß A., ein landwirtschaftliches Fahrzeug anzuhalten. Dabei kam ihm eine heruntergelassene Bahnschranke sehr gelegen, da dadurch die Fahrzeuge gezwungen waren anzuhalten. Er ging also einfach der Kolonne entlang und sprach in die heruntergekurbelten Fensterchen hinein. Dem Lenker eines Jeeps erzählte er, daß er nach Schmiedhof hinaufwolle, um dort die Ausstellung im Wirtshaus-Säli besuchen zu können. Es handle sich um die Bilder des Zürcheroberländer Malers Max Bosshard, der sich ›Mabo‹ nenne. So brachte A. die Strecke, für die er zu Fuß mehrere Stunden gebraucht hätte, mühelos hinter sich, ohne etwas zu bezahlen. Es war eine Freude zu sehen, wie mühelos der Jeep die unzähligen Kehren hinaufraste.
In Schmiedhof hatte er allerdings Schwierigkeiten weiterzukommen und stand wohl eine Stunde am Straßenrand. Als endlich ein Jeep anhielt, war drinnen zufällig derselbe Lenker wie zuvor, der, nachdem er im Wirtshaus eingekehrt war, nun in diese Richtung fahren mußte. A. sagte, daß neben Ölgemälden und Radierungen auch Eisenplastiken zu sehen gewesen seien und daß der Künstler ›Mabo‹, wie er aus einem Selbstporträt ersehen habe, auch persönlich unter den Besuchern anwesend gewesen sei.
Als A. schließlich an einer hochgelegenen Ortschaft aussteigen mußte, fand er es unnötig, für das letzte Stück nochmals ein Fahrzeug anzuhalten. Er ergriff also seine Tasche und wanderte mitten durch eine offene Moorland-

schaft. Bald führte der Weg durch eine ausgesprochen häßliche Gegend, wobei ihm der Gipfel des Schnebelhorns die Richtung wies. Nach etwa einer Stunde Wanderung durch die trostloseste Landschaft mußte er wohl das Gebiet des Arbeitslagers erreicht haben, wie er an einer offenen Schranke und einem Wachpostenhäuschen erkannte, die sich am Rand der Straße befanden. Er erblickte die angelegten Felder und Äcker und sah, daß einige wilde Apfelbäume dick mit Früchten behangen waren. Er ging von der Straße ab hinter das Gebüsch und versuchte mehrere der wilden Äpfel, die er aber alle angebissen wegwerfen mußte, da sie noch sauer waren. Als er wieder auf der Straße ging, hörte er einen Landrover herangefahren kommen, welcher zum Arbeitslager gehören mußte. Zu seinem Pech hielt der Lenker und rief ihm zu, er könne aufsteigen. A. sah auf die Seite, um ihm zu verstehen zu geben, daß er kein Interesse hatte, mitgenommen zu werden. Doch nun hielten auch noch andere Männer ihre Köpfe aus dem Ladeverschlag und riefen und winkten, er solle sich beeilen. A. hatte jedoch keine Eile, in das Arbeitslager zu kommen, und wollte den letzten Spaziergang in Freiheit auskosten. Als er sah, daß die Männer nicht losfuhren und nur noch wilder zu gestikulieren und rufen begannen, stieg er auf. Er setzte sich auf Kartoffelsäcke und würdigte die Männer, welche allen Ernstes glaubten, ihm eine Freude zu machen, keines Blickes.

A. ging durch das Tor des Arbeitslagers und wurde dabei von einem Sträfling namens David erblickt, welcher ihn dann führte. Sie gingen auf einem schmalen Weg, der zwischen Häuschen und Hütten vorbeiführte, und kamen schließlich zum Barackendorf der Sträflinge. Sie saßen auf Strohstühlchen, lasen oder lagen im Gras herum und hießen Josef, Jakob, Gerald und Heinrich. A. mußte in der Baracke mit den zwei letzteren wohnen und stellte seine Tasche auf eine leere Pritsche. Er fragte die Kumpels, welche Arbeit hier getan werde, und sie antworteten gewichtig: Kartoffeln!

Vor dem Nachtessen kam der Hauptaufseher in die Baracke und verlangte von A. den Brief mit den Unterlagen. Dann führte er ihn zur Kleiderausgabe und gab ihm als Überkleidung Stiefel, Hose, Hemd, Jacke und Pullover. Um zehn Uhr legten sie sich schlafen und löschten das Licht.

Um fünf Uhr dreißig wurden sie durch Faustschläge an die Tür geweckt. Sie putzten sich die Zähne und zogen die Überkleidung an, wobei A. merkte, daß seine Hose recht eng war. Hintereinander, die Hände tief in den Taschen, gingen sie durch die kalte Nacht hinüber zum Eßhaus. Dort standen bereits die Aufseher und die Kumpels und hielten Kunststofftassen in den Händen. Sie tranken schwarzen Kaffee, aßen Brot und fischten sich Gebäck aus großen Kübeln. Dann gingen sie alle zu den Schuppen hinaus, holten Traktoren, Karren und die Werkzeuge. Sie setzten sich auf die Karren, fuhren auf die Felder hinaus und schauten dem Hund zu, der ihnen nachrannte. Dann stellten sie die Karren an den Ackerrand, ließen drei Männer zum Stapeln zurück und verteilten sich über den Acker. Sie trugen Gitterkörbe bei sich, füllten sie mit Kartoffeln, um diese dann in die Säcke zu leeren. Um acht Uhr dreißig fuhren sie ins Arbeitslager zurück, um im Eßhaus das Frühstück einzunehmen. Dieses bestand aus Eiern, Butterbroten und Milchkaffee oder Schwarztee. Nach dem Morgenessen begann die Sonne hinter den Bergen hochzusteigen und Wärme auszuströmen. In all der Zeit der Arbeit hatte A. seine Kumpels aus den Augen verloren und wußte deshalb nicht, wann für das Mittagessen zurückgefahren wurde. Er beschloß,

gleich jetzt zu Fuß zum Arbeitslager zu gehen, und benötigte eine Stunde für den Weg. Er fand jedoch im Areal keinen Menschen, das Eßhaus war abgeschlossen und auf den Tischen noch kein Geschirr. Er vermutete deshalb, das Essen werde gar nicht im Eßhaus, sondern auf dem Acker aus Rucksäcken eingenommen. Als er endlich auf dem Acker ankam, war es jedoch bereits dreizehn Uhr und seine Kumpels erst recht verschwunden. Wie er eine Zeit hin und her gegangen war, erblickte er plötzlich drei geduckte Gestalten, welche am Rand eines Ackers kauerten. Sie aßen Brote, tranken aus Flaschen und sprachen leise miteinander. Sie fragten A. verwundert, weshalb er denn nicht mit den anderen zurückgefahren sei, da doch um dreizehn Uhr das Mittagessen eingenommen werde. Doch A. dachte, daß ihnen selbst eine warme Mahlzeit auch gut getan hätte, und fragte sich, weshalb denn sie nicht zurückgefahren seien. Er mußte sich jedoch sagen, daß es sich bei den dreien um sogenannte ›schwere Fälle‹ handeln mußte, welche dadurch, daß sie kalt essen mußten, zusätzlich bestraft wurden. Für ihn lohnte es sich nun nicht mehr, nochmals zurückzugehen, da um vierzehn Uhr wieder mit der Arbeit begonnen wurde. So setzte er sich ins Gras, und schon bald kamen die Kumpels vom Lager, die sein Fehlen im Eßsaal gar nicht bemerkt hatten. Es mochte gegen 16 Uhr sein, als sie Schluß machten und ins Arbeitslager zurückfuhren.
Während der Fahrt entdeckte A. die Gestalten der drei ›schweren Fälle‹, die sich gebückt über den entfernten Acker bewegten. Es galt wohl wiederum, die drei zusätzlich zu bestrafen, indem sie eine oder zwei Stunden länger als die anderen arbeiten mußten.
Bis zum Nachtessen ging A. im Areal des Arbeitslagers herum und besah sich die Umgebung und die einzelnen Gebäude. Nach dem Essen legte er sich wie die anderen

Sträflinge auf die Pritsche, las oder sah den anderen beim Kartenspiel zu. Irgendeinmal kam der Hauptaufseher und sagte, daß sich alle in einer Stunde im Nebenraum einzufinden hätten, da noch wichtige Beschlüsse gefaßt werden müßten. Als es jedoch 21 Uhr war, betrachtete es A. als sinnwidrig, jetzt da es hieß, zeitig zu Bett zu gehen, um am Morgen gestärkt an die Arbeit zu können, noch lange Zeit mit Gerede zu verlieren. Er beschloß deshalb, gar nicht zu gehen und dafür gleich zu schlafen, um am Morgen leichter aufstehen zu können.

Am nächsten Tag lag wieder ein kalter Schatten über ihrem Arbeitsgebiet. In der Ebene vor sich sahen sie die sonnenbeschienene Fläche, welche sich langsam ihrem Acker näherte. Frierend und schlechtgelaunt warteten sie darauf, daß sie von dieser beschienenen Fläche erreicht würden. Sie stellten Berechnungen an und schätzten den Zeitpunkt. Es mußte jedoch 11 Uhr werden, bis sie erleichtert und vergnügt in der wärmenden Sonne arbeiten konnten. Am Nachmittag hörten sie früher auf, und A. hatte die Gelegenheit, einmal den Hügel, der so störend die Aussicht versperrte, zu ersteigen. Der Weg war jedoch sehr mühsam zu begehen, und A. mußte sich wiederholt auf einen Felsblock setzen, um auszuruhen. Am Grat oben zog sich ein Stacheldraht hin, unter welchem er durchkroch, und dann sah er erwartungsvoll auf. Er stellte jedoch fest, daß sich hier oben lediglich eine weitere Ebene ausbreitete, die derjenigen, auf welcher das Arbeitslager lag, nicht unähnlich war. Nun wollte er nicht den gleichen Weg, die steile Alp wieder zurückgehen, und marschierte zuversichtlich der Landstraße entlang. Die Straße entfernte sich immer mehr von der Höhe des Arbeitslagers, doch A. vertraute darauf, daß sie irgendeinmal in einer großen Schleife ins Tal hinunter und zum Arbeitslager zurückführen werde.

Nach einiger Zeit hielt ein Jeep an, und die drei Männer darin boten ihm an, ihn mitzunehmen. Sie führten ihn immer weiter in der dem Lager entgegengesetzten Richtung fort, bis sie an einem menschenleeren Ort anhielten. Sie hießen ihn beim Jeep warten, während sie über den Platz schritten und im einzigen bewohnten Haus verschwanden. So wartete A. im kühlen Wind, der aufgekommen war, bis die Männer ihr Gespräch beendet, den Kaffee getrunken hatten und die Fahrt weiter fortsetzen konnten. Überall standen landwirtschaftliche Maschinen und Baumaschinen, Mähdrescher, Betonmischer, kleine Kräne usw. herum. Er mußte sich sagen, daß hier, unter der Leitung des Arbeitslagers, neue Gebäude und ein von Sträflingen unterhaltener landwirtschaftlicher Betrieb entstanden. Der Wind fegte über den Grat, und A. suchte hinter einem Bagger vor ihm Schutz. Langsam wurde ihm die Warterei zu dumm, und als er eben beschloß, doch noch zu Fuß über die Alp hinabzusteigen, kamen die Männer heraus und stiegen in den Jeep. An einer Kreuzung ließen sie ihn aussteigen, da sie in der entgegengesetzten Richtung weiterfahren mußten. A. schritt also wieder die Straße entlang, sah die untergehende Sonne und dachte, daß es Schwierigkeiten geben werde, wenn er nicht zeitig im Arbeitslager war. Es dämmerte bereits, als er abseits der Straße einen verlassenen Bauernhof entdeckte. Kurzentschlossen verließ er die Straße und ging über die Wiese zum Holzhaus, das in den Hang gebaut war. Als er das Haus erreicht hatte, fuhr oben auf der Straße ein Jeep vorüber, und er merkte, daß er mitgenommen worden wäre, wenn er auf der Straße gegangen wäre. Rasch wollte er zurückgehen, mußte sich aber sagen, daß es nun auch nichts mehr nütze und er ebensogut hier bleiben und Umschau halten konnte. In den Räumen pfiff der zu den offenen Fenstern hereinblasende Abendwind. In diesem Augenblick fuhr oben auf der Landstraße ein weiterer Jeep vorüber, und A. sagte sich, daß er diesen erwischt haben würde, wenn er den ersten Entschluß befolgt hätte und zurückgegangen wäre. Nun verlor er aber keine Zeit mehr und ging zwischen den im Gras unter den Bäumen herumpickenden Hühnern durch zur Straße hinauf.

Bei einer Kreuzung entschloß er sich für die erstbeste Straße und schritt mit tief in die Hosentaschen gesteckten Händen in die Dunkelheit hinein. Am Straßenrand stand ein im Bau befindliches Haus, welches kein Dach und in den Fensteröffnungen keine Fenster besaß. Zwei Männer mit Bärten lehnten über den Sims und hielten in den Händen Tassen, die wohl mit Kaffee gefüllt waren. Sie riefen A. Wörter zu, die er jedoch nicht verstehen konnte. Wiederum sagte er sich, daß hier wohl neue Gebäude gebaut würden, die eines Tages die große Anzahl Sträflinge bergen konnten.

Schließlich wurde er doch noch von einem Fahrzeug mitgenommen und war froh, als er noch zu einer anständigen Zeit im Arbeitslager eintraf. Von den Kumpels im Eßhaus erfuhr er, daß es selbstverständlich verboten sei, das Areal des Arbeitslagers zu verlassen.

A. irrte an den Nachmittagen auf der Wiese umher und fragte sich, wie er diese Zeit wohl herumbringen konnte. Von allen verlassen, war sein Herz schwer und voller Sehnsucht. Als ihm der Stalldienst zugeteilt wurde, dachte er aber, daß der Aufenthalt im Arbeitslager eigentlich doch nicht so schlimm sei. Der Blick aus dem Stallfenster bot ihm genau die Seitenansicht der Heuwender, die an den Traktoren befestigt wurden. Seine Kumpels schulterten die Heugabeln und gingen hinaus zur Landstraße. Auf der Ebene, wo geheut wurde, war es recht heiß, und eine solche Tagesarbeit konnte zu einer Plage werden. A. hingegen versorgte kurz das Vieh, legte sich dann aber im verlassenen Arbeitslager ins Stroh und genoß das Nichtstun.

zetten

Als der Monat um war, gingen alle Sträflinge mit dem Aufseher in die Wäscherei und probierten frische Überkleidung an. Bei dieser Kleiderverteilung kamen sie auch auf die Dauer zu sprechen, welche die einzelnen Sträflinge noch im Arbeitslager bleiben mußten. Es stellte sich heraus, daß A., obwohl er als letzter gekommen war, der erste sein wird, der seine Zeit abgesessen hat. Von nun an hatte er auch das Recht in das Teehaus zu gehen, wo sie Musik hören, Schach spielen, Tee kochen oder Zeitungen lesen konnten.
Heinrich arbeitete nun in der Hühnerfarm, wo es ihm überhaupt nicht gefiel. Vollkommen zerkratzt und zerzaust, die Haare und die Überkleidung voller Hühnerfedern, kam er an den Frühstückstisch. Er sagte, dies sei die schlimmste Arbeit, die er jemals gemacht habe, und die Hühner seien die dümmsten Tiere, die es gebe. In der Halle sei fortwährend ein Riesenlärm, keine Sekunde würden die Hühner ihren Schnabel halten. Er könnte sie eigenhändig Stück für Stück umbringen. Er renne mitten in sie hinein, ergreife sie und stecke sie zurück in die Käfige. Die Hühner würden kreischen, gackern und aufeinander lospicken.
A. und Gerald gingen mit einigen Aufsehern mit dem *Rapid*-Traktor und einem Karren auf einen nahen Hügel. Dort stand das Reservoir, das sie zu reinigen hatten. Sie staunten, als sie sahen, daß im Trinkwasser des Arbeitslagers ein Meter Dreck stand und Dutzende von Fischen

waren. Das Reinigen bestand darin, daß dieses Wasser abgelassen wurde. Ein Türchen wurde geöffnet, und das Wasser rann in einem vertrockneten Bachbett den Hügel hinunter. Es stellte sich jedoch heraus, daß der Boden des Reservoirs auf die falsche Seite abgeschrägt war. Das Reinigen zog sich also auf drei Tage hinaus, da sie mit den umgestellten Schaufeln, das Wasser den Boden entlang, zum Ausflußloch treiben mußten. Der feine Sand vermischte sich bei dieser Arbeit mit dem Wasser, so daß in dieser Brühe alle Fische erstickten. Am letzten Nachmittag ließen sie frisches Wasser hinein und kletterten das Leiterchen zur Luke hinaus auf das Dach.
In der nächsten Woche mußten Heinrich und Gerald jeden Morgen an der Straße bereitstehen, wo sie von einem Jeep zur entfernten Fabrik gebracht wurden. Als sie nach dem ersten Tageswerk zurückkamen, sagten sie beim Abendessen, dies sei die schlimmste Arbeit, die es im Lager gebe. Am zweiten Abend fragte A. sie hoffnungsvoll: War es heute besser? Da antworteten sie wie aus einem Munde: Noch schlimmer!
A. arbeitete nun zusammen mit dem Geflügelmeister, der selber wie ein Huhn aussah, in der Hühnerfarm. Der Geflügelmeister bestieg den Traktor und parkte den an diesen angehängten Wagen genau vor das Tor der Hühnerfarm. Dann stellte er ein Brett an, über welches sie mit dem Schubkarren den Hühnerdreck hinauffahren konnten. Der Mist der Hühner lag zu harten Steinwällen geformt wohl einen Meter hoch unter den Käfigreihen. Sie teilten den Dreck mit den Schaufelkanten in handliche Stücke und schaufelten diese in die Schubkarren. Als A.'s Karren voll war, fuhr er ihn mit großem Schwung das Tor hinaus, auf den Wagen hinauf und leerte den Inhalt in eine Ecke. Dann ging er zurück und begann erneut, mit der Schaufel den Dreck zu zerhacken und in den Schub-

karren zu schaufeln. Während der Arbeit versuchte er, die Hühner in den einzelnen Käfigen zu zählen. Er wußte nicht, ob es leichter war, die Schwänze oder die Köpfe der zu einem Klumpen zusammengepferchten Tiere zu zählen. Schließlich schätzte er die Zahl aber doch auf fünf. Sie standen mit den Füßen auf einem Drahtgeflecht, durch welches der Dreck und die Eier bequem hindurchfallen konnten. Vor ihren Schnäbeln durch führten die Rinnen mit Wasser und mit einem gelben, wohl vitaminisierten Pulver. Die Lichtröhren über ihren Köpfen sollten ihre Hirne zum Eierlegen anregen. Aggressiv pickten sie aufeinander los, so daß zwischen dem weißen Gefiederklumpen überall rote Hälse oder nackte Pürzel durchschimmerten. Als ein Huhn nur noch halbtot zwischen den anderen hing, nahm es der Geflügelmeister aus dem Käfig und legte es auf den Hühnerdreck. Bei jeder Fuhre sah nun A., wie das Huhn mit tränenden Augen, schwach atmend, wimmernd dalag und klagend darauf wartete, daß es verende. Um acht Uhr war das Huhn hart, der Geflügelmeister warf es in den Schubkarren, kippte es auf dem Wagen in den Dreck, und dann gingen sie hinüber zum Frühstück ins Eßhaus.
Als für A. ein Ende seiner Lagerzeit abzusehen war, hängte er einen Kalender über sein Bett und strich nun darauf jeden Tag eine Zahl ab. Er suchte die Einsamkeit, setzte sich auf einen Stein, warf die Hände in die Luft und dachte, wie bringe ich diese Zeit bloß herum, ohne daß ich schwermütig werde. Sehnsüchtig dachte er an seine Freunde in der Stadt und an seine Arbeit auf dem Vorbahnhof. Tag für Tag verging. Er hatte begonnen, jedesmal ›Schweinehund!‹ vor sich hin zu sagen, wenn er auf einem Wagen sitzend am Hauptaufseher vorüberfuhr.
Am Sonntag erfuhren A. und Jakob, daß nun auch sie in die Fabrik zur Arbeit gehen müßten. An diesem Montag-

morgen versagte jedoch der Weckdienst, und obwohl sie alle wach waren, drehten sie sich um und schliefen bis zur Frühstückszeit. Um acht gingen sie hinüber ins Eßhaus, um das Frühstück einzunehmen. Nach dem Frühstück gingen A. und Jakob zu Fuß den langen Weg zur Fabrik. Es wurde jedoch elf Uhr, bis sie dort eintrafen, und der Aufseher schickte sie mit den Worten zurück, daß sie ihm jetzt nichts mehr nützen würden. So besahen sich A. und Jakob in aller Ruhe die Landschaft, durchschritten die Wege zwischen den satten Feldern und bewegten sich langsam zum Arbeitslager zurück. Sie genossen ihre Freiheit und das schöne Wetter, meldeten sich dann bei einem Verwaltungsbeamten, der sie für den Rest des Tages in die Küche beorderte.

Am nächsten Tag standen sie pünktlich am Straßenrand und wurden von einem Jeepfahrer namens Salomon zur Fabrik gebracht. Dort führte sie der Aufseher vor die Fabrik, wo sie beim Abladen helfen sollten. Auf einem großen Platz standen unzählige Fuhrwerke bereit. Ein Traktor nach dem anderen führte seine Ladung Kartoffeln vor das Band. Die zwei Ablader ergriffen je einen Sack, öffneten ihn und leerten den Inhalt auf das breite Band. Da sie jedoch zu dritt beim Abladen waren, beschlossen sie, daß immer einer hinter den Kisten liegen und für die Zeit eines Ablads die Sonne genießen sollte. So wurde die Zeit nicht lang, und die Arbeit fiel wegen des ständigen Abwechselns leicht. Plötzlich kam jedoch ein Aufseher heraus, notierte, daß A. auf den Kisten lag, und wies ihn wütend ins Innere der Fabrik. Mehrere Arbeiter standen hier rund um ein Band und waren damit beschäftigt, die faulen Kartoffeln herauszusuchen. Eine zweite Reihe Arbeiter hatte Schachteln vor sich, in welche sie die Kartoffeln füllen mußte. Die zehn Kilogramm wiegenden Schachteln wurden auf einem Förderband an dessen Ende gebracht, wo sie von den Kumpels auf Paletten gestapelt wurden. War eine Palette voll, so wurde sie von einem Arbeiter mit einem Hubstapler auf einen Lastwagen verladen. Jetzt erklang aber bereits die Sirene, und alle gingen durch die langen Hallen und Lagerräume zu einem Häuschen, wo das Frühstück eingenommen wurde. A. entdeckte jedoch, daß die drei ›schweren Fälle‹ nicht im Eßhaus warm, sondern in einem schmutzigen Schuppen ihre mitgebrachten Brote kalt essen mußten. Er vermutete, daß sie mit dem Ausschluß aus der Gemeinschaft und dem Verbot, das Eßhaus zu betreten, zusätzlich gestraft wurden. Nach dem Frühstück kamen viele Ladungen Äpfel an, und A. mußte die unschönen heraussuchen. Die Aufseher trugen Schirmmützen und hielten Trillerpfeifen im Mund. Die ganze Zeit gingen sie zwischen den Arbeitern auf und ab. Wenn ihrer Meinung nach zuviel geredet oder zuwenig gearbeitet wurde, bliesen sie in die Trillerpfeifen, bis sie rote Gesichter hatten. Es gab auch zwei Aufseher, die sich untereinander nicht ausstehen konnten und sich oft in die Haare gerieten. Sie gingen aufeinander los, während Jakob sagte: Sie sind wie Hunde, die einander nicht riechen können. Ein dritter Aufseher erschien, beruhigte die beiden Kampfhähne und warf sich schließlich sogar mitten in sie hinein, da sie zu spucken begonnen hatten. Bei dieser Gelegenheit entdeckte A. zwischen den Kisten die Übergabe von Schweigegeld. Während alle den Streitenden zusahen, vernahm er deutlich die Frage, ob in Hartgeld bezahlt werden könne. Dann sah er die hohle Hand, in welche die großen Münzen gezählt wurden. Bei jeder Zahl wich die Hand ein Stück zurück und senkte sich immer tiefer unter dem Gewicht des Geldes. Anderntags fiel den Sträflingen im Arbeitslager auf, daß David verschwunden war. Zum erstenmal wurde auch von Folter gesprochen. Jakob beru-

higte die aufgebrachten Sträflinge mit den Worten, daß es jedenfalls keine physische Folter im Lager gebe.
A. und Jakob fuhren über Wochen hinaus zur Fabrik, die prächtig in der Sonne lag, und lernten mit der Zeit alle Arbeiten kennen. Die schlimmste Arbeit war sicherlich das Stapeln der vollen Kartoffelschachteln. Eine Palette zählte achtundvierzig Schachteln, kaum war sie voll, wurde eine leere Palette hingeschoben, und die Arbeit ging weiter. Eine andere Arbeit spielte sich am Falztisch ab. Mit einem Kumpel stand zum Beispiel A. an diesem Tisch und falzte Stück für Stück der perforierten Kartons zu Schachteln. Eine leichtere Arbeit bestand darin, auf einem Stühlchen am Ende des Bandes zu sitzen und vier Verstärkungshölzchen in die Ecken jeder vorüberkommenden Schachtel zu stecken. Die schönste Arbeit war jedoch die Tätigkeit an der Bostitchmaschine. Geradeaufgerichtet stand man da, hielt die Schachtel mit beiden Händen, trat lässig mit dem Fuß ein Pedal, worauf die Heftklammer in die Schachtel fuhr.
A. suchte den Hauptaufseher in dessen Büro, um sich endlich die Unterlagen zurückgeben zu lassen, konnte ihn aber nirgendwo finden. Nach einigen Stunden ging er nochmals ins Büro, sah zufälligerweise zur offenen Tür hinaus und erblickte den Hauptaufseher, der eben daran war, leise vorüberzuschleichen. So rief er ihm zu, daß er endlich seine Unterlagen ausgehändigt haben wolle, worauf dieser erwiderte, die könne er in zwei Monaten abholen kommen. Empört sagte A., daß er sicherlich nicht wegen der Unterlagen noch einmal von der Stadt hier heraufkomme. Worauf der Hauptaufseher sagte, daß bei jener Sitzung alles besprochen worden sei, und daß er, er sagte ›der Herr‹, es nicht für nötig erachtet habe, anwesend zu sein. Darauf begannen sie sich gegenseitig Schimpfworte zuzurufen, daß es wert gewesen wäre, sie

zu notieren. Auch kam A. auf den verschwundenen Lagerhund zu sprechen und daß er wohl wisse, daß er, der Hauptaufseher, ihn abgetan habe. Worauf sie wieder mit langen beleidigenden Sätzen aufeinander losgingen, daß jedes Ende Anlaß zu einem weiterführenden Satz oder einer ergänzenden Bemerkung gab. Schließlich sagte A. dem Hauptaufseher, daß er an dessen Stelle sich mit diesem Gesicht im tiefsten Wald verstecken würde. Worauf der Hauptaufseher zu A. sagte, daß ja er nur seinen Ohren zu verdanken habe, daß seine Fratze nicht am Kinn unten hange.

A. wurde zur Villa des Direktors des Arbeitslagers gerufen, die sich am Westhang hinter einem Waldzipfel befand. Von einem Geländer aus konnte er senkrecht hinunter in die Tiefe schauen, wovor ihn grauste. Dann ging er zur Villa, wo er von den Prüglern empfangen wurde.

Er lag im unaufgeräumten Korridor auf dem dicken Teppich, an der Wand waren große Oelgemälde und teure Spiegel angelehnt. Die meiste Zeit verbrachte er an eine Teppichrolle gelehnt, oder er lag ausgestreckt am Boden und versuchte zu schlafen. Da er nichts mehr besaß, kämpfte er nur noch darum, in diesem Korridor gelassen zu werden. Nach all den Tagen klammerte er sich nur an die Hoffnung, daß er nicht von diesem Korridor weggebracht würde. Während der alltäglichen Strafen erinnerte er sich des Satzes Jakobs, daß der Sinn des Zettens darin liege, das Gras dermaßen in der Luft zu wirbeln, daß es beim Niederfallen umgekehrt zu liegen komme. Seine Prügler hatten von Erdarbeitern eine Schlange übernommen, die sie ihm unter das Hemd gleiten ließen. Sie erzählten ihm dabei höhnisch vom Graben, der ausgehoben worden war und von der Tiefe, in welcher die Erdarbeiter auf die Schlange gestoßen seien. Sie streuten ihm Pfeffer in die Augen, und es hätte passieren können was wollte,

er hätte die Augen nicht öffnen können. Er erinnerte sich seines Vaters, dem in der Gießerei ein Spritzer in ein Auge gekommen war und der dann einen ganzen Tag lang das Auge nicht geöffnet hatte. So preßte auch A. die brennenden Augen zusammen und wartete, daß das Tränenwasser das Pulver hinausschwemmte. Dabei dachte er an seinen Vater, welcher nach dem Öffnen des Auges tatsächlich nichts mehr gesehen hatte, was für ihn nicht weniger schlimm als eine völlige Blindheit auf beiden Augen gewesen war. A. wußte nicht was folgte, ob er hochgehoben, niedergedrückt oder einen Schlag in den Magen, unterhalb des Brustkorbes erhalten würde. Daß er einen Fußtritt an die oberen zwei Schaufelzähne erhielt, daß die Wurzeln hörbar knirschten, verblüffte ihn nicht weniger. Obwohl der Schmerz bis in die Nasenwurzel drang, hatte der Schlag den Vorteil, daß viel Tränenwasser produziert wurde, wodurch der Pfeffer hinausgeschwemmt wurde.
A. lag nun draußen im Schuppen. Von einem Ausflug hatten die Prügler zwei Krebse mitgebracht, die nun im Wassertrog brüteten. Einer der Krebse war doppelt so groß wie der andere und ganz schwarz. Diesen legten sie A. auf die Brust und erzählten, wie sie die Schilfbestände abgeschritten seien und alle rostigen Dosen aus dem Sumpf gefischt hätten. A. dachte an den Satz Jakobs, daß es im Lager jedenfalls keine physische Strafe gebe. Es überraschte ihn deshalb, als die Prügler die weiche Stelle an seiner Fußsohle suchten und einen schmutzigen Zapfenzieher langsam hineindrehten. Als er schlief, leerten sie ihm eimerweise eine eklige Flüssigkeit über den Kopf. Im Halbschlaf glaubte er zuerst, daß es regne, und als er merkte, worum es sich handelte, versteifte er sich auf seinen Glauben und schlief weiter. Er konnte jedoch nicht verhindern, daß er die Bazillen einatmete und der-

maßen Fieber bekam, daß sein Kopf glühte. Er konnte sich durch Erbrechen keine Erleichterung verschaffen, da der Brechreiz so rasch hintereinander erfolgte, daß sich nur eine große Nervosität seines ganzen Körpers bemächtigte. Als die Prozedur sich zwölf Tage hintereinander in der gleichen Art wiederholte, konnte er über die Phantasielosigkeit seiner Prügler nur noch staunen.
A. war froh, als er wieder in der Stadt am Untertor 34 war. Hier wohnte er beim alten Fräulein Stöckly, der Fußpflegerin und Warzenentfernerin, im dritten Stock in Untermiete. Nie konnte er das Zimmer verlassen, ohne daß er von ihr im Korridor überrascht wurde. Er war gezwungen, mit ihr ein paar Worte zu wechseln, weshalb er sich im Zimmer im Sprechen von einsilbigen Wörtern übte, um sein Stottern nicht merken zu lassen. Auch stand seit jenem Fußtritt ein Schaufelzahn einwärts, so daß er den Buchstaben S nicht mehr sagen konnte, weil er mit der Zunge anschlug. Bevor er etwas sagte, formte er in Gedanken den Satz aus solchen Wörtern, in welchen kein S enthalten war. Er erreichte darin eine große Gewandtheit, und es war ihm möglich, über alles zu reden, ohne jemals ein Wort mit einem S zu gebrauchen. Wenn er mit der Schulter plötzlich zusammenzuckte und den rechten Arm abwehrend in die Höhe warf, improvisierte er einen Tanz. Oder er kratzte sich in den Haaren oder tat, als finde er die Türfalle nicht. Die Schlummermutter lachte und erwähnte, daß sie schon immer gesagt habe, er sei noch ein richtiger Bajass. Jedenfalls hatte er seine Ansichten geändert, und mit seinen Freunden wollte er nichts mehr zu schaffen haben. Seine Schlummermutter konnte sich die Bemerkung nicht verkneifen, daß er sich ja grundlegend geändert habe, wohin denn all seine Ideen gekommen seien. Doch hauptsächlich war sie höflich und freute sich mit ihm, daß er von seiner Kur zurück war.

A. befand sich an seiner Arbeit im Vorbahnhof, als er durch einen Mitarbeiter vom Tod Jakobs im Arbeitslager erfuhr. Noch nie hatte ihn der Tod eines Menschen so stark berührt. Er stand mitten auf dem Bahnsteig, als der Aufsichtsbeamte Müller mit den drei Streifen an der Schirmmütze hinzutrat. Was ist los? Wird hier nicht gearbeitet? sagte er. Da antwortete A.: Herr Müller, jetzt arbeite ich nicht, ich halte eine Gedenkminute.

Die Versammlungen im Saal des Stadthauses waren immer ohne Zwischenfälle abgehalten worden. Eines Abends erblickte A. jedoch, durch die Körper der unzähligen Zuhörer hindurch, plötzlich einen uniformierten Polizisten an der Eingangstür. Er ließ seinen Blick im Saal kreisen und entdeckte nun überall vor allen Türen mit Schlagstöcken bewaffnete Polizisten. A. wußte gar noch nicht, was los war, da sah er schon die von den Polizisten eingekreisten Freunde unter den Schlägen zusammenbrechen. Gerald erhielt einen Schlag, der ihm die Stirn spaltete, rasch drückte er die Hand darauf, da brach ihm ein zweiter Schlag die Hand. Fassungslos wollte A. die Augen schließen, da traf ihn ein Schlag von hinten in den Nacken und er verlor das Bewußtsein. Als er im Spital, noch in der Empfangshalle, wieder zur Besinnung kam, spürte er heftige Kopfschmerzen. Auf einer blutbefleckten Bahre lag eine Frau und wimmerte. Aus einer Wunde am Arm floß Blut. A. sah, wie die Krankenschwestern und die Ärzte durch den Raum schritten, die Verletzte nicht beachteten und Papiere lasen. Im Glasschalter saßen die Krankenschwestern und tippten auf der Schreibmaschine. A. klopfte heftig an die Glasscheibe, deutete auf die blutende Frau und sagte verwundert: Um Gottes Willen, wann verbindet ihr sie denn endlich?

In der Nähe des Vorbahnhofes tauchten wieder die Polizisten auf, und A. und Heinrich flüchteten vor ihnen auf einen abfahrenden Zug. Auf dem Trittbrett stehend, fuhren sie mit dem Güterzug in Richtung Nachbarstadt. Es war eine gefährliche und windige Fahrt, doch wenigstens waren sie den Polizisten entkommen. Außerdem konnten sie von dieser Höhe aus erstmals über die Wälle ins Innere von Fabriken sehen. Dabei erblickten sie Anlagen, von deren Vorhandensein sie sich nicht einmal hätten träumen lassen. Eine als Obstverwertung getarnte Fabrik barg in Wirklichkeit Panzer und ein Arsenal von Waffen. Hier konnte also die Armee in Sekundenschnelle ausgerüstet werden, wenn es galt, sie gegen die Zivilbevölkerung einzusetzen. Irgendwo bei einer Kistenfabrik schimmerte sogar Wasser durch die Ritzen. Dort waren also die gefürchteten Folterweiher untergebracht. Als der Zug beim Güterbahnhof die Fahrt verlangsamte, sprangen sie ab, da im Hauptbahnhof sicher schon die Polizei wartete. A. und Heinrich flüchteten quer über die Felder und verloren sich dabei aus den Augen. Als A. über eine Brücke in den Wald lief, erkannte er zu seinem Schrekken, daß sich die Polizisten an seine Verfolgung gemacht hatten. Er verließ die Straße und rannte dem Waldbach entlang hinunter. Die Polizisten warteten, lässig an ihre Motorräder gelehnt, und ließen ihm noch einen Vorsprung, so sicher waren sie seines Nichtentweichenkönnens. A. begann, sich an herausragenden Baumwurzeln einen Steilhang hochzuziehen. Während der immer sinnloser werdenden Flucht wuchs in ihm die Gewißheit, in die Hände der Polizisten zu fallen, und er spürte die zwangsläufige Wiedereinlieferung ins Arbeitslager wie eine Eisenfaust seine Seele umklammern.

Als A. zusammen mit Heinrich ins Barackendorf kam, stand dort ein Ehemaliger, dem der Ausruf ›Hey, das ist doch der Typ vom letzten Jahr‹ entfuhr. Dann sagte er: Hier sind wir also alle wieder zusammen – eine große glückliche Familie! Sie kamen gerade richtig, um bei der Einbringung des Emdes behilflich zu sein. Im Teehaus lag eine Zeitschrift auf, in welcher ein völlig verfälschter Bericht über dieses Arbeitslager für die Öffentlichkeit gedruckt war. Die Siedlung wurde als dynamischer, kräftiger, aufstrebender, landwirtschaftlicher Betrieb dargestellt. Bei den aufliegenden Zeitungen handelte es sich hauptsächlich um den *Oberländer Bauern*, den *Tösstaler* und den *Landboten*.

Heinrich wurde in die Wäscherei eingeteilt, wo er die Ruhe nach all der Aufregung genoß und es ihm gleichgültig war, daß er mit niemandem reden konnte. A. arbeitete im Eßhaus, wo er in der Küche Kartoffeln schälen, Gemüse rüsten oder Früchte schneiden mußte. Wenn sein mit Wasser gefüllter Kessel voll mit geschälten Kartoffeln war, holte er sich einen Kumpel, um gemeinsam den Kessel zum Kochherd zu schleppen. Während die Köche zu kochen begannen, gingen sie in den Saal und legten Teller, Tassen und Bestecke auf die Tische. Nach dem Essen begannen sie abzuwaschen, wobei sie drei Behälter hatten, die mit Seifenwasser, mit heißem Spülwasser und mit kaltem Spülwasser gefüllt waren. Kamen nach dem Essen Georg, Josef oder irgendwer an die Luke, warfen sie das schmutzige Geschirr zu ihm hinein und riefen zum Spaß: Diese Arbeit paßt zu dir! Dann schlurften sie mit den Feldstiefeln und der Überkleidung hinaus. Nach dem Abwaschen gingen sie wieder in den Eßsaal, stellten die Stühle auf die Tische und machten sich daran, mit Wasser und Lappen den Boden aufzunehmen.

Als die Zeit des Jonathan-Apfels kam, fuhren alle zusammen auf die Felder, um sie zu pflücken. Bald war auch der Boskop reif, und es gab wieder viel zu tun. Andere

Sträflinge gingen mit den Drahtkörben Mostbirnen einsammeln. Bei den am Boden liegenden Birnen hielten sich gerne Wespen im ausgehöhlten Innern auf, und es galt, beim Aufnehmen vorsichtig zu sein. Jeden zweiten Sonntag mußten die Sträflinge in der Küche arbeiten, so daß sie dann dreizehn Tage ohne Freitag arbeiten mußten.
Nach mehreren Wochen Feldarbeit begann es eines Tages stark zu regnen, und die Sträflinge hielten Ausschau nach Gummikleidung. Sie mußten feststellen, daß es solche zwar für die Aufseher und das Personal gab, jedoch nicht für sie. So arbeiteten sie mit dem Personal, welches Gummijacken mit Kapuzen und Gummistiefel trug, während sie im Hemd waren. Der Dreck klumpte an den Stiefeln, so daß sie stolpernd über die Felder torkelten. Es kam vor, daß die Aufseher an den Feldrand traten und Kaffee tranken, während die Sträflinge angehalten wurden, weiterzuarbeiten. Auch durften sie im Eßsaal nicht dort sitzen, wo sie wollten, sondern nur bei den abgewendeten Tischen in der Ecke. Das Wägelchen mit dem Essen fuhr vorbei, und sie mußten erfahren, daß das von ihnen gewünschte Essen nicht für sie bestimmt sei. Auf die Frage, welches Fleisch denn für sie sei, wurde oftmals auf einen unansehnlichen Haufen undefinierbaren Mischmasches gezeigt. Einmal wurden A. überraschend viele gulaschähnliche Fleischstücke serviert, daß er sich bereits mit Heißhunger auf sie stürzen wollte. Als er sie jedoch in der Mitte zerschnitt, waren sie innen grün. Georg sagte etwas, was A. nicht verstand, worauf alle Sträflinge am Tisch lachten. A. hatte nur etwas von Darm verstanden und schob den Teller weit von sich.
A. und Josef mußten in die Fabrik arbeiten gehen, was sie freute, da sie dadurch in eine andere Gegend kamen und andere Aufseher zu Gesicht bekamen. Es war für A. jedoch recht schwierig, Josef zeitig aus der Baracke und an

die Landstraße zu bringen. Stand A. pünktlich auf, so traf er Josef in dessen Raum noch tief schlafend an. Wenn er dann zu größter Eile drängte, beharrte Josef darauf, sich erst noch die Zähne zu putzen, wodurch sie regelmäßig den Jeep verpaßten. Sie gingen dann zu Fuß die Landstraße entlang, wobei sie nicht selten vom Jeepfahrer Salomon gesucht wurden. Erblickten sie am Horizont den auftauchenden Jeep, so riefen sie ›Salomon kommt!‹ und flüchteten Hals über Kopf in die Büsche, um sich zu verstecken. Wenn Salomon sie entdeckte, konnte er sie mit nur geringer Verspätung in der Fabrik abliefern. Einmal jedoch kamen A. und Josef erst um acht Uhr in der Fabrik an und gingen schnurstracks ins Eßhaus, um das Frühstück einzunehmen. Erlaubt war nur ein Spiegelei, doch A. schob sich gleich drei auf den Teller. Unter Schelten wurde ihm darauf der Teller vom Küchenpersonal weggenommen und ein Ei wieder heruntergekratzt. Doch A. hatte dadurch immer noch ein Ei mehr als die anderen. Selbstverständlich verließen sie als erste den Eßraum, gingen durch alle Hallen zurück in die Fabrik und taten so, als seien sie schon vor dem Frühstück hier gewesen. Als die Sträflinge und Aufseher zurückkamen, waren sie völlig in ihre Arbeit vertieft und gerade dabei, sich leere Kartoffelschachteln über ein Band zuzuwerfen. Ein Aufseher lobte sie auch prompt ob ihrer Fleißigkeit und fuhr A. mit der Hand durch die Haare. Der zweite Aufseher durchschaute jedoch den Schwindel und schickte sie zu den Lastwagen hinter die Fabrik. Dort halfen sie dem Fahrer einladen, glaubten, daß sie auch mitgenommen würden, und fragten: Wohin geht die Reise? Natternhofen! sagte der Lenker ernsthaft, und A. freute sich, endlich diese Siedlung des Arbeitslagers zu Gesicht zu bekommen, von welcher es hieß, daß sie nur Sträflinge im Greisenalter berge. Selbstverständlich durften sie jedoch nicht mitfahren, sondern wurden vom Aufseher weggeholt und an das Band geschickt. Hier erblickten sie einen rüstigen Mann, von welchem es hieß, er sei der älteste Arbeiter in der Fabrik, nämlich 76 Jahre alt. Der schmächtige Josef bot in seiner Unschuld dem sicherlich viel kräftigeren Greisen an, die schweren Kisten zu tragen, wurde jedoch höflich abgewiesen. Die Umstehenden forderten den Greisen, von dem es hieß, er sei in der Jugend Komponist gewesen, auf, ein Lied zu singen. Nach längerem Drängen begann der Greis tatsächlich ein recht seltsames Lied zu singen, zu welchem er sich, unter dem rythmischen Klatschen der Umstehenden, wie ein Tanzbär um sich selber drehte. Rasch war jedoch ein Aufseher zur Stelle und forderte die Arbeiter mit scharfen Trillerpfiffen auf, mit dem Unfug Schluß zu machen.

Im Lager informierte sich A. bei Georg, welcher einmal in Natternhofen gewesen war, über diese Siedlung. Er habe, erzählte Georg, nur einen Nachmittag im unmittelbar in der Nähe gelegenen Steinbruch arbeiten müssen. Er sei nur kurz an den Rand Natternhofens gekommen, doch es habe ihn recht niedergeschlagen gemacht. Die intelligentesten Männer des ganzen Landes seien in dieser Siedlung. Doch er habe natürlich nur von weitem einen Einblick gehabt. Eine kurze Zeit sei er unbeobachtet an den äußersten Baracken herumgeschlichen. Drei Greise seien gekommen, hätten ihn in eine Hütte geführt und ihm wunderbare Backwaren angeboten. Darauf habe ihm der eine gesagt, daß er an der Universität in Zürich studiert habe. Ein anderer habe ihm unter Tränen eine Wanderung, die er vor über sechzig Jahren im Glarnerland gemacht habe, geschildert. Er selber, Georg, habe sich als freier Mensch nicht ausgekannt, doch jener habe ihm jeden Busch und Stein des Weges auf die ›Blüemlisalp‹ beschrieben.

Neue Sträflinge wurden erwartet, und A. und Heinrich mußten gemeinsam mit dem Hauptaufseher die leerstehenden Baracken reinigen. Ein alter Schrank stand noch herum, der auf die Wiese hinaus zu tragen war. In der Hoffnung, es werde eine rechte Schlepparbeit, übertrug er sofort A. diese Arbeit. Es stellte sich jedoch heraus, daß der Schrank ganz leicht war und die beiden Sträflinge nur unnötig von der eigenen Arbeit abgehalten wurden. Der Hauptaufseher sagte also: Nein, ich werde ihn selber hinaustragen, er ist nicht so schwer! Er verriet dadurch also seine Gesinnung, das Schwerste A. zu übertragen. Nun konnten A. und Heinrich das ächzende Gesicht mit der schwarzen Hornbrille und dem schlecht in der Farbe gewählten Stiftzahn darunter hinter der Schrankkante würgen sehen. Eimerweise leerten sie dann Wasser in die Räume und wuschen die Böden rein. Danach gingen sie Dutzende Male ins Lager und schleppten Matratzen in die einzelnen Baracken.

heinzen

Die letzte Arbeit, die sie im Lager verrichteten, war das Reinigen einer beckenförmigen Einöde von Steinen und Geröll. Sie verteilten sich über das Becken und errichteten überall Steinberge. Am zweiten Tag befestigten sie an einem Traktor eine Baggerschaufel. Während nun der Traktor von Steinberg zu Steinberg fuhr, schritten sie alle hinterher, füllten die Schaufel, die dann die Steine in den Wagen leeren konnte. Waren die Aufseher weg, so begann Georg stundenlang, abgewandt, schwermütige Lieder zu singen, während sich die anderen mit Kraftproben vergnügten. Schließlich versuchten sie sich zwecklos an einem recht großen Felsbrocken. Sie stellten den Wagen

genau vor den Brocken, worauf sich einer nach dem anderen bückte und ihn nur wenigstens einen Zentimeter vom Boden zu heben versuchte. Sie würgten und verbrauchten bereits mit sinnlosem Verrutschen des Brokkens ihre ganze Kraft. Es war A. klar, daß seine Kraft nur eine Sekunde das Gewicht zu tragen vermochte. Als er sich also vorschob und mit einem lockeren Schwung den Felsbrocken auf den Wagen warf, standen die Kumpels verblüfft herum.
Ende Oktober wurde A. gefragt, ob er sich mit ihnen zusammentun wolle, was er bejahte. Als sie sich jedoch eines Abends in einer verdunkelten Baracke versammelten, war ihm wie auch Heinrich nicht recht geheuer. Auf dem Tisch brannte eine Kerze, während sie ihre Ansichten im Kreise gehen ließen. Der Hauptaufseher hatte aber, wie sich später herausstellte, nur auf diesen Augenblick gewartet. Er schlich in der Nacht zwischen den Baracken herum, wunderte sich über die Stille, entdeckte den schwachen Kerzenschein und stand unvermittelt unter ihnen. Er sagte nur: Nein, es tut mir leid, aber das sehe ich nicht gern! Am Morgen um fünf Uhr wurden alle Beteiligten, mit Ausnahme Heinrichs und A.s, aus den Betten geholt und verschwanden aus dem Lager. A. und Heinrich gingen weiterhin an ihre Arbeit des Urbarmachens der Ödlandschaft.
Anfang November erhielt A. eine Vorladung in die Direktionsvilla. Als er die Längsfassade der Villa entlangschritt, vernahm er aus dem Innern knuffende Schläge und in Matten erstickte Schreie, so daß ihn eine maßlose Empörung ergriff. Er wurde von zwei Prüglern empfangen, an einen Tisch gesetzt und zum Unterschreiben eines Formulars aufgefordert. Als er sich weigerte, schlugen sie mit den Fäusten auf den Tisch, rissen ihn in die Höhe, schlugen ihm ins Gesicht und drohten, ihn in die Nagel-

kammer zu stecken. A. weigerte sich weiterhin, und daß ihm der eine der Prügler nun mit einer brennenden Zigarre auf dem Oberarm herumdrückte, drängte sich geradezu auf. Sie sagten etwas von ›Behandlungszimmer‹ und hießen ihn warten. Lange Zeit geschah nichts, und es war ihm klar, daß sie ihn durch das Warten ängstigen und gefügig machen wollten. Schließlich wurde er in das ›Behandlungszimmer‹ geführt, auf eine waagrechte Kautsch geschnallt und wieder alleingelassen. Eine Blechsäule führte in die Höhe, aus welcher wie Arme von Riesen Gestelle, Werkzeuge und Röhren führten. Genau über ihm erblickte er einen kleinen Wasserhahn. Aus den Räumen waren Geräusche von Maschinen und Stimmen zu hören. Obwohl er sein Herz überlaut klopfen hörte, glaubte er kaum, daß sie ihn mit dieser Warterei groß würden einschüchtern können. Schließlich kam aber doch jemand herein, setzte sich neben ihn, machte Geräusche, hantierte mit Werkzeug, daß A. beide Augen verrenken mußte, um etwas erkennen zu können. Schließlich preßte ihm eine Zange seinen Mund auseinander, und aus einer Röhre wurde ihm ein harter Kunststoffpfirsich in den Mund gepreßt, daß er höllische Kopfschmerzen bekam. Die Kiefer schmerzten, daß er glaubte, er werde nie wieder den Mund bewegen können, und aus seinen Augen lief Tränenwasser. Glühende Stäbchen näherten sich seinen Fingernägeln, daß ihm der Schmerz Entsetzen ins Gesicht trieb. Nadeln fuhren ihm in die Fingerspitzen hinein, daß sich die Nägel augenblicks mit Blut füllten. Kurz bevor er die Sinne zu verlieren drohte, holte die Zange den Kunststoffpfirsich heraus. Aus einem Röhrchen rieselten Hirsekörner in seinen Mund, daß er husten mußte, mit der Zunge schlang und zu ersticken drohte. Seine Zunge erlahmte, mühsam kämpfte er gegen das Ersticken, da wurden ihm Späne

wie Keile unter die Nägel geschlagen, daß das Blut spritzte.
Als er alleingelassen dalag, mußte er stundenlang weinen. Plötzlich kam eine Bewegung in die Gestelle, ein Zischen war zu hören, und ein niedersausender Bügel drückte seinen Mund auseinander. Gleichzeitig begannen aus dem kleinen Hahn über ihm Wassertropfen auf sein flachliegendes Gesicht zu klatschen. Bei jedem Atemzug rannen die Tropfen in seine Nase, worauf er sich verschluckte, jedoch wegen des Bügels nicht husten konnte. Wieder drohte er zu ersticken, doch es dauerte nicht lange, bis ihn eine tiefe Ohnmacht erlöste.
Todmüde lag er auf der Kautsch, doch immer wenn er gähnen wollte, näherte sich eine Feder seiner Hand, kitzelte ihn, und sein Gähnen erstarb. Nach der zweiten Nacht siegte jedoch sein Schlaf über die Feder und er lag wie tot auf der Kautsch. Ein Prügler schnallte ihn los, führte ihn hinaus und eine Treppe in die Kellerräume hinunter. Der Prügler versetzte ihm einen Stoß in den Rücken, A. wollte etwas sagen, brachte aber kein Wort hervor. Sie gingen durch einen muffigen Korridor, hoch an der Decke brannte eine von Spinnweben verklebte Birne. Sie kamen durch eine Waschküche, aus deren Wänden verrostete Armaturen schauten. In der Mitte eines kleinen Raumes stand eine Stange, an welche der betreffende Sträfling angebunden werden konnte. Aus großen Hahnen konnte Wasser in den Raum eingelassen werden. In der einen Wand befand sich eine Tür, die sofort, nachdem A. in die Dunkelkammer getreten war, ins Schloß geworfen wurde. Obwohl es stockfinster war, begriff A. sofort, daß er an allen vier Seiten eng eingeschlossen war. Als er sich ein wenig zurücklehnte, stach ihn sofort ein spitzer Nagel in die Schulter. Instinktiv warf er sich nach vorn, schrie aber sofort auf, da er in der Brust gestochen

wurde. So sah er sich gezwungen, regungslos dazustehen. Bei der geringsten Bewegung drangen ihm die Nagelspitzen tief ins Fleisch. Irgendwo wurde eine Tür zugeworfen, dann war alles still, und A. stand zitternd allein in seiner Kammer. Mühsam verging die Nacht, und als er am Morgen herausgeholt wurde, war sein Entsetzen vor der Dunkelkammer perfekt. Am Nachmittag wurde er in eine Art Duschraum im Keller auf einige Strohsäcke geworfen. Abwartend lag er da, bis er mehrere Löcher in den Wänden erblickte, in welchen die Käfer hockten und noch bis zum Abend schliefen. Es mochte 22 Uhr sein, als A. hinter einer Bodenwelle plötzlich zwei lange Fühler auftauchen sah. Es war ein mittelgroßer, brauner Käfer, der, von A. verfolgt, sehr rasch, kreuz und quer, um sein Leben rannte. Als A. ihn zerquetschte, spritzte unter einem knalligen Laut eine dicke weiße Flüssigkeit heraus. Bereits nach dieser ersten Handlung zitterte A. vor Schwäche und Erregung am ganzen Körper. Gleichzeitig spürte er ein Zupfen und Krabbeln an seinem rechten Fuß und erblickte dort einen schwarzen großen Käfer. Als ihn etwas am Nacken kitzelte, schlug er sofort auf die Stelle und hielt dann in den zwei Fingern einen grünbraunen, flachen, echsenförmigen Käfer, der kurze Beinchen besaß. Die schwarzen Käfer, die nun aus allen Löchern kamen und sogar fliegen konnten, nannte er in Gedanken *Schwabenkäfer.* Die heuschreckenähnlichen Käfer mit den durchsichtigen rotbraunen Flügeln nannte er wegen der Farbe *Mistkäfer.* Das Erjagen der immer größer werdenden Käfer in den verschiedensten Formen und Farben wurde immer sinnloser. Er vermutete, daß von außen ganze Plastikflaschen voll der einzelnen Sorten fortwährend geöffnet wurden. Schließlich sank er erschöpft auf seine Säcke und fühlte die Aussichtslosigkeit seines Tuns. Als ein Käfer über seine Stirn spazierte, ergriff ihn

Schwindel. Hinter der Schädelwand schwankte es hin und her, sein Geist pendelte bedrohlich ein und aus, daß er den Verstand zu verlieren fürchtete. Als weiße Mäuse den Boden bevölkerten, vermutete er, daß sie ihn kalt lassen würden. Wie er jedoch genau vor seinen Augen die roten Augen sah und die einzelnen Zehlein voneinander unterscheiden konnte, durchschauerte es ihn doch. Mit der Kraft am Ende, lag A. besinnungsschwach am Boden. Die Wochen vergingen, während er bereits aufschrie, wenn er nur schon das Winken eines Fühlerpaares erblickte. Immer wieder drang der Ruf ›Leg ein Geständnis ab oder du kommst in die Nagelkammer‹ in seinen erhitzten Kopf. Seit einem Monat befand er sich in der Direktionsvilla, als eines Tages überraschend der größte Teil der Sträflinge freigelassen wurde. Es war drei Wochen vor Weihnachten, als sie in Busse verfrachtet und in die Kantonshauptstadt gefahren wurden.

A. hatte das Gefühl, als sei er ein Jahrzehnt nicht mehr auf freiem Fuß gewesen. Seelisch angeschlagen, aber doch guten Mutes, ging er durch die Straßen der Stadt. Das aufrechte Gehen an der frischen Luft fiel ihm schwer, doch sah er keinen Grund, sich Mühe zu geben, seinen Zustand verbergen zu wollen. Sein Eintreten in das Bahnhofsareal war eher mit einem Schwanken zu bezeichnen. Verzweifelt suchte er in seinem Gedächtnis, welches Geleise er eigentlich benutzen mußte. So torkelte er neben den Reisenden den Bahnsteig entlang. Regen und Wind rissen ihm von hinten die Jacke hoch. Eine Weile ließ er die Jacke auf dem Kopf, fühlte immer noch eine Erstikkungsangst und riß die Jacke herunter. Er sah die Reisenden in einer Reihe am Geleise stehen und besah sie von vorn und von hinten. Er stand zu nah am Geleise, und er wußte noch, daß dies gefährlich war. Doch selbstverständlich wußte er nicht, was Totsein war. Auch den

Schmerz kannte er nicht. Er hatte vergessen, ob er schon einmal um das Geleise herumgegangen war oder nicht. Hatte er überhaupt schon nachgesehen, ob der Zug schon im Geleise stand? Am liebsten hätte er sich auf den Boden gesetzt. Er ging die lange Reihe der Reisenden entlang und sah, daß sie ihn trotz des torkelnden Ganges als Menschen akzeptierten. Doch hatten sie ja nicht diese Last im Kopf und diese schweren Beine. Manchmal hatte er plötzlich das Gefühl, der Bahnsteig führe steil in die Höhe. Sofort beugte er den Rücken parallel zum Boden, um besser vorwärts zu kommen. Dann sah er den Zugswaggon vor sich und dachte, der Zug ist ja da. Warum steigt denn niemand ein? Rasch hastete er um den Prellbock herum und schritt den Bahnsteig entlang. Er wollte den Reisenden winken und anzeigen, daß der Zug da sei. Doch sie standen alle bewegungslos dort drüben und warteten in einer Reihe. Da schaute er dem langen Geleise bis zum Hallenende entlang und merkte, daß es leer war und nur ein Waggon dastand. Da er also Zeit hatte, suchte er einen Kioskwagen. Unterwegs sah er am Boden spielende Kinder. Ihre Geistesnormalität schien ihm in so großer Ferne zu liegen, wie seine eigene Kindheit. Für seinen Hals kaufte er eine Tüte *Bibernell*-Bonbons des Kräuterpfarrers Johann Künzle. Nun wußte er aber nicht, wieviel er bezahlen mußte. Er hatte aber schon beobachtet, wie vorwiegend ältere Leute all ihr Kleingeld in der offenen Hand hinhielten, worauf der Verkäufer den Betrag herauslesen konnte. So tat auch er, und der Mann nahm nun verschiedene Münzen heraus. Doch plötzlich durchfuhr es A., der Mann habe erst einen Teil des Betrages genommen und warte, daß ihm der Rest noch gegeben würde. Rasch griff A. in die Münzen und steckte dem Mann noch einen halben Franken zu. Erst jetzt merkte A., als der Mann sich bedankte, daß dieser bereits den ganzen Betrag genommen gehabt hatte und diesen halben Franken nun noch als Trinkgeld dazunahm. A. konnte das Geld unmöglich wieder zurückfordern, obwohl ihn der Fünfziger stark reute.

In der Bezirksstadt warteten viele Eltern, die von der Freilassung gehört hatten, auf die Rückkehr ihrer Söhne. Da viel von Todesfällen an die Öffentlichkeit gedrungen war, schaute auch A.'s Mutter angstvoll auf die aussteigenden Leute. Als sie A. in der Tür erblickte, rannte sie erleichtert zur Begrüßung herzu. Sie stellte jedoch fest, daß er lediglich über sie hinweg sah und sie nicht mehr erkannte. Dem Bahnhof genau gegenüber befand sich eine graue Gebäudefassade, die die beleuchtete Schrift VOLKSHAUS trug. Auf dem überdachten und umzäunten Platz daneben wurden Hunderte von Christbäumen zum Verkauf angeboten.

Im Frühjahr wurde A. von den Eltern zu den auf dem Lande, in der Gegend von Dussnang, bauernden Großeltern gegeben. So arbeitete A. auf dem weiten Land der Großeltern, wo er bald ein Meister der Landbewirtschaftung wurde. Den ganzen Tag war er unterwegs und fand vor allem am Heuen große Freude. Am Morgen in aller Frühe ging er zum Grasen hinaus. Danach mähte er und ging vor Mittag zum Zetten hinaus. Am Nachmittag formte er mit der Gabel lange Mädli. Wenn Regen drohte, füllte er die weite Landschaft mit Schöcheli. Regnete es in der Nacht, so war am Morgen nur die oberste Schicht der Schöcheli naß, während das Heu darunter trocken geblieben war. Regnete es jedoch mehrere Tage, so mußte er das Heu heinzen. Wo er einmal geheut hatte, ging er die Fläche anderntags güllen, um das Nachwachsen zu beschleunigen.

Dann ging er wieder hinaus und fühlte Befriedigung, wenn er das Emd vor Gewitterausbruch unter Dach bringen konnte. Beim Pressen auf dem Heustock war er vom Staub wie betrunken. Sein weißes Taschentuch war nach dem kräftigen Schneuzen richtig schwarz. Wenn der Regen niederprasselte, ging er in die Küche und trank eine ganze Kanne Most. Dann ging er das zweitemal und das drittemal emden. Folgten wieder Regentage, so holte er alle Heureuter aus dem Schuppen. Zufrieden besah er die unendlich langen, über Hügel und Mulden führenden Reihen der aufgestellten Heinzen. Am Feierabend setzte er sich unter eine Heinze, fühlte sich als Herr des Landes und merkte, daß er nun doch sein Lebensideal gefunden hatte.

Im Weiler sagten die Eltern, wenn sie die Kinder erschrecken wollten: Geht nicht dort hin, dort ist der ›Bölimann‹. Wenn nun die Kinder fragten, wer denn der ›Bölimann‹ sei, so schwiegen sie. Kam aber im Dämmerdunkel A. mit der Heugabel auf der Schulter zwischen den Heureutern durchgeschritten, so sagten die Mütter: Das ist er, das ist der ›Bölimann!‹ Die Bewohner gewöhnten sich an seine Erscheinung und daß er im Herbst den ganzen Tag mit seinem Hund durch die Straßen schlurfte. Höchstens ein Fremder fragte noch manchmal verwundert, wer denn das sei. Doch die Bewohner antworteten beschwichtigend: Der? Ach, der spaziert den ganzen Tag so mit seinem Hund herum!

Von Franz Böni
erschienen im Suhrkamp Verlag

Ein Wanderer im Alpenregen. Erzählungen. 1959. 132 S. Kt.
Schlatt. Roman. 1979. 220 S. Kt.
Der Knochensammler. Erzählungen. 1980. 100 S. Kt.
Hospiz. Erzählung. 1980. 132 S. *edition suhrkamp Neue Folge* Band 4

st 611 Felix Timmermans
Der Heilige der kleinen Dinge
und andere Erzählungen
Aus dem Flämischen von Friedrich Markus Huebner, Karl Jacobs, Anton Kippenberg, Peter Mertens, Anna Valeton-Hoos
294 Seiten
Die Romangestalt Pallieter (st 400) hat Timmermans in der ganzen Welt berühmt gemacht. Das *Jesuskind in Flandern* nannte die Kritik sein schönstes Buch. Und nicht wegzudenken aus dem Werk des flämischen Dichters sind seine zauberischen, seine liebevollen Geschichten, deren Güte und Gläubigkeit sie uns märchenhaft entrücken.

st 612 Martin Walser
Ein Flugzeug über dem Haus
und andere Geschichten
120 Seiten
»Hier ist Walser schon ganz er selbst, hier erfüllt er die Forderung, die der sehr alte Goethe einst an die jungen Dichter seiner Zeit gerichtet hat: ›Poetischer Gehalt aber ist Gehalt des eigenen Lebens‹.« *Süddeutsche Zeitung*

st 613 Karin Struck
Trennung
Erzählung
150 Seiten
»Karin Struck ist in allem, was sie schreibt, intensiv. Sie fordert auf, fordert heraus. ... Auf der hilflos anmutenden Suche nach einer Utopie ist eigentlich ein jeder bei Karin Struck begriffen. Ihre Vehemenz fordert das, und ihre Personen haben sich dieser Absicht einzufügen. So entsteht bei ihr Spannung bis zum Zerreißen, bis zur Hingabe, Selbtsaufgabe oder Widerstandleisten, bis zum ohnmächtigen Erleiden.« *Karl Krolow*

st 614 Walker Percy
Liebe in Ruinen
Die Abenteuer eines schlechten Katholiken kurz vor dem Ende der Welt
Aus dem Amerikanischen von Hanna Muschg
442 Seiten
Der Held, Thomas More, Arzt und Alkoholiker, der sich als schlechten Katholiken bezeichnet, lebt mit drei schönen Frauen in der Vorstadt Paradise, wo er das Ende der Welt erwartet. Als später Descartes erfand er den Lapsometer, mit dessen Hilfe er den jeweiligen Grad der Entfremdung des Menschen von sich selbst feststellt. Nur eines gelang ihm bisher nicht: das Instrument mit seinen diagnostischen Fähigkeiten für Heilzwecke zu vervollkommnen.

st 615 Mircea Eliade
Bei den Zigeunerinnen
Phantastische Geschichten
Aus dem Rumänischen von Edith Silbermann
342 Seiten
»Was bei Eliade so anzieht, so entzückt, ist eine Heiterkeit, die hoffnungsvolle Ruhe, die jede außergewöhnliche, eigentlich Furcht erregende Begebenheit nicht ins Gräßliche wendet, sondern ins Helle, recht eigentlich Beruhigte.« *Süddeutsche Zeitung*

st 616 Kasimir Edschmid
Georg Büchner. Eine deutsche Revolution
544 Seiten
Roman
»... ein Meisterwerk der deutschen Literatur im zwanzigsten Jahrhundert, einer der großen historischen Romane Deutschlands, ... der die politische Tragik, die ewig gescheiterten Kämpfe um die Wiederherstellung der Freiheit und der Menschenwürde des armen, ewig geschlagenen deutschen Volkes beschreibt, das durch die Jahrhunderte so töricht der tumbe Michel war, seine dümmsten Tyrannen auf den Thron zu heben und seine klügsten Volksfreunde in den Staub zu treten oder ins Exil zu schicken.« *Hermann Kesten*

st 618 Helm Stierlin
Eltern und Kinder
Das Drama der Trennung und Versöhnung im Jugendalter
Aus dem Englischen von Ellen Katharina Reinke und Wolfgang Köberer
272 Seiten
Auch bei anscheinend radikalen Trennungen heranwachsender Kinder von ihren Eltern bleiben unsichtbare Bindungen bis ans Lebensende weiterbestehen. Bindungen, in die u. a. Gefühle der Dankbarkeit, Rache, Scham und Schuld, der Verpflichtung und Beauftragung sowie ein Verlangen nach Wiedergutmachung und nach vorenthaltener Gerechtigkeit einfließen können.

st 619 Antike Geisteswelt
Eine Sammlung klassischer Texte
Auswahl und Einführungen von Walter Rüegg
694 Seiten
»Die vorliegende Auswahl bietet dem der Antike Vertrauten wenig bekannte Texte und neue Gesichtspunkte, dem Leser, der erst beginnt, die Welt der Antike in seine Bildung einzubeziehen, eine Grundlage, um mit der Antike vertraut zu werden: sie wird ihn einführen in die gewaltigen Katakomben unserer geschichtlichen Existenz.«
helvetia archaeologica

st 628 Georg W. Alsheimer
Eine Reise nach Vietnam
224 Seiten
Alsheimer kehrt in seine »Wahlheimat« zurück. Die Narben des amerikanischen Alptraums sind noch allgegenwärtig. So gerät die Konfrontation des Damals mit dem Heute zunächst zu einem Verfolgungswahn. Erst als er durch das Vertrauen seiner Freunde das Damals mit dem Heute verknüpfen kann, verwandeln sich in dieser Krise seines politischen Credos die gläubigen Visionen in einen gemäßigten, kritischen Optimismus. Den Prozeß, der zu dieser Einsicht führte, protokolliert Alsheimer in diesem Reisetagebuch. Alsheimers *Vietnamesische Lehrjahre* liegen als st 73 vor.

st 629 Wie der Teufel den Professor holte
Science-fiction-Erzählungen aus POLARIS 1
Phantastische Bibliothek Band 37
132 Seiten
Der Band enthält Erzählungen von Stanisław Lem, Gérard Klein, Kurd Laßwitz, Fitz-James O'Brien, Vladimir Colin.

st 630 Das Mädchen am Abhang
Science-fiction-Erzählungen aus POLARIS 2
Phantastische Bibliothek Band 38
178 Seiten
Der Band enthält Erzählungen von Wadim Schefner, Sewer Gansowski, Arkadi und Boris Strugatzki, Ilja Warschawski.

st 631 Der Weltraumfriseur
Science-fiction-Erzählungen aus POLARIS 3
Phantastische Bibliothek Band 39
144 Seiten
Der Band enthält Erzählungen von Josef Nesvadba, Gerd Ulrich Weise, Sven Christer Swahn, Vladimir Colin, Frigyes Karinthy.

st 632 Die Büßerinnen aus dem Gnadenkloster
Phantastische Erzählungen aus PHAÏCON 2
Herausgegeben und mit einem Vorwort von
Rein A. Zondergeld
Phantastische Bibliothek Band 40
122 Seiten
Der Band enthält Erzählungen von Joseph Sheridan Le Fanu, Erckmann-Chatrian, Jean-Louis Bouquet, Julio Cortázar, Manfred Wirth, Jörg Krichbaum.

st 637 Gerlind Reinshagen
Das Frühlingsfest
Elsas Nachtbuch. Annäherungen. Ein Stück
170 Seiten
Nach dem szenischen Panorama des Nazi-Deutschlands im Stück *Sonntagskinder* richtet die Autorin hier den Blick auf Neuaufbau und Restauration.

st 638 Birgit Heiderich
Mit geschlossenen Augen
Tagebuch
136 Seiten

Am Anfang die Trennung von einem Mann, am Ende die Übersiedlung aus dem ungebunden sich entfaltenden in ein geregeltes Arbeitsleben. Das Tagebuch erzählt die Geschichte zahlreicher Beziehungen zu Männern und Frauen. In dichtem Zusammenhang werden Erlebnisse, Geschichten, Beobachtungen notiert. Birgit Heiderichs Tagebuch ist reich an Apercus und an Reflexionen über Liebe, Sehnsucht, Trauer, Verzweiflung, über Frausein, Weiblichkeit, aber auch über gesellschaftliche Differenzen, es enthält Beschreibungen und Gedichte.

st 639 Herbert Gall
Deleatur
Notizen aus einem Betrieb
216 Seiten
Eine Druckerei gerät durch Modernisierung und Rationalisierung in eine Krise, der Besitzer versucht, durch Entlassungen und Verstärkung des Arbeitsdrucks ihrer Herr zu werden. Der Korrektor Herbert Gall, als empfindlicher Intellektueller in industrielle Arbeitsverhältnisse geraten, setzt sich durch das rückhaltlose, nämlich auch ihn selbst nicht schonende Aufschreiben gegen Leiden und Abstumpfung zur Wehr. »Der hier beschriebenen Arbeitsform . . . sei zum Schluß ein lateinisches Wörtchen gewidmet, ein Korrekturzeichen, mit dem Falsches markiert wird, das aus einem Text entfernt werden soll: *Deleatur* – sie möge zerstört werden.«

st 683 Marieluise Fleißer
Der Tiefseefisch
Text. Fragmente. Materialien
Herausgegeben von Wend Kässens und Michael Töteberg
188 Seiten
Der Tiefseefisch gibt ein satirisches Portrait von Bertolt Brecht als literarischem Bandenführer; zugleich ist das Stück ein Ehedrama: Fleißers Verbindung mit dem konservativen Publizisten Hellmut Draws-Tychsen. Dieser Band veröffentlicht erstmals die erhalten gebliebene erste Fassung des Stücks sowie Fragmente und Arbeitsnotizen. In einem Nachwort erläutern die Herausgeber den zeitgenössischen literarischen Kontext und geben Interpretationsansätze für die heutige Aktualität des Dramas.

Alphabetisches Gesamtverzeichnis der suhrkamp taschenbücher